# 10 relatos de mujeres

PLAZA & JANES

Diseño de cubierta: Judit Commeleran
Realización editorial: Proyectos Editoriales
y Audiovisuales CBS, S. A.

Tercera edición: febrero de 1996

Enric Granados, 86-88
08008 Barcelona


Printed in Spain – Impreso en España
ISBN: 84-01-54006-2
Depósito legal: B. 6.017-1996
Impreso en Litografía Rosés, S. A.
Progrés, 54-60. Gavà (Barcelona)

L 540062

# ÍNDICE

## Isaac Asimov

# Intuición femenina

Por primera vez en la historia de United States Robots and Mechanical Men Corporation, un robot había sido destruido accidentalmente en la propia Tierra.

Nadie era culpable. El vehículo aéreo había sido destruido en medio del aire y un incrédulo comité de investigación se preguntaba si se atrevería a anunciar el hecho de que había sido alcanzado por un meteorito. Ninguna otra cosa podía haber sido tan rápida como para evitar que se activase el mecanismo de desviación: con excepción de una explosión nuclear, nada podía haber causado el daño, y ello quedaba descartado.

Si se añadía a ello un informe sobre un destello en el cielo nocturno justo antes de que el vehículo hubiese explotado —y procedente del Observatorio de Flagstaff, no de un aficionado— y la localización de un enorme y claramente meteórico trozo de hierro recientemente incrustado en el suelo a una milla del lugar, ¿a qué otra conclusión podía llegarse?

Sin embargo, nada semejante había sucedido con anterioridad y los cálculos de las probabilidades en contra arrojaban cifras monstruosas. Pero incluso las improbabilidades más colosales pueden suceder a veces.

En las oficinas de United States Robots, los cómos y los porqués eran secundarios. El punto crucial era que había sido destruido un robot.

Ello era lamentable por sí solo.

Todavía resultaba más lamentable el hecho de que JN-5 era, después de cuatro intentos previos, el primer prototipo que había sido probado sobre el terreno.

Resultaba abismalmente lamentable el hecho de que JN-5 era un tipo nuevo de robot, completamente distinto de cualquiera construido hasta el momento.

Y el hecho de que aparentemente JN-5 hubiese realizado algo de incalculable importancia antes de su destrucción y que este logro pudiese estar ahora perdido para siempre, dolía más allá de toda expresión.

Apenas parecía digno de mención que, junto al robot, había muerto también el Robopsicólogo Jefe de United States Robots.

Hacía diez años que Clinton Madarian trabajaba en la empresa. Durante cinco de estos años, había trabajado sin quejarse bajo la gruñona supervisión de Susan Calvin.

La capacidad de Madarian era bastante evidente y Susan Calvin lo había promocionado calladamente por encima de hombres mayores que él. En ningún caso se habría dignado dar explicaciones de ello al Director de Investigación, Peter Bogert. Pero, en realidad, no eran necesarias las explicaciones. O, más bien, saltaban a la vista.

En muchos y notorios aspectos, Madarian era el reverso de la medalla de la famosa doctora Calvin. En realidad no era tan gordo como su destacado doble mentón le hacía parecer, pero incluso así su aspecto era imponente, mientras que Susan podía pasar casi inadvertida. Su rostro macizo, su mata de brillantes cabellos color castaño rojizo, su piel basta, su voz atronadora, su risa sonora y, sobre todo, su incontrolable confianza en sí mismo y su forma vehemente de proclamar sus logros, hacía que todos los presentes se sintiesen faltos de espacio.

Cuando finalmente Susan Calvin se jubiló (negándose de antemano a cooperar para una cena testimonial susceptible de organizarse en su honor, y de forma tan terminante que ni siquiera se anunció su jubilación a los medios de comunicación), Madarian tomó su puesto.

Hacía exactamente un día que estaba en este nuevo puesto cuando puso en marcha el proyecto JN.

Éste supuso la mayor inversión de fondos que jamás había soportado United States Robots para un proyecto, pero para Madarian era un detalle insignificante que barrió con un genial movimiento de la mano.

—Vale todos y cada uno de los centavos que se inviertan, Peter —dijo—. Y espero que convenzas a la Junta Directiva de ello.

—Proporcióname razones —dijo Bogert, mientras se preguntaba si Madarian lo haría. Susan Calvin jamás le había dado argumentos para nada.

—Pues claro —dijo sin embargo Madarian, a la vez que se arrellanaba cómodamente en el amplio sillón del despacho del director.

Bogert lo miraba casi con temor reverencial. Su cabello, negro en otro tiempo, era ahora casi blanco y dentro de aquella década seguiría a Susan en la jubilación. Ello significaría el fin del equipo original que había convertido United States Robots en una compañía de envergadura mundial que rivalizaba con los gobiernos nacionales en complejidad e importancia. En cierta forma, ni él ni quienes se habían marchado antes que él habían sido completamente conscientes de la enorme expansión de la empresa.

Pero ahora había una nueva generación. Los nuevos tenían una relación fácil con el Coloso. Carecían de aquel toque de admiración que a ellos les hacía caminar de puntillas llenos de incredulidad. Por consiguiente avanzaban sin miedo, y ello era positivo.

—Propongo que se empiecen a construir robots sin limitaciones —dijo Madarian.

—¿Sin las Tres Leyes? Ello sin duda...

—No, Peter. ¿Sólo se te ocurren estas limitaciones? Demonios, tú colaboraste en el diseño de los primeros cerebros positrónicos. ¿Debo explicarte que, aparte de las Tres Leyes, no existe un solo circuito en estos cerebros que no esté cuidadosamente diseñado y fijado? Contamos con robots programados para tareas específicas, dotados de capacidades específicas.

—Y lo que tú propones es...

—Que se dejen abiertos los circuitos en todos los niveles por debajo de las Tres Leyes. No es difícil.

—Cierto, no es difícil —dijo Bogert, secamente—. Las cosas inútiles nunca son difíciles. Lo difícil es fijar los circuitos y conseguir que el robot sea de utilidad.

—¿Por qué es difícil? Fijar los circuitos requiere un gran esfuerzo porque el Principio de Incertidumbre es importante en cuanto a las partículas de la masa de positrones y es necesario reducir el efecto de incertidumbre. Sin embargo, ¿por qué debe hacerse? Si conseguimos que el Principio se destaque lo suficiente como para que los circuitos se crucen de forma imprevisible...

—Tendremos un robot imprevisible...

—Tendremos un robot *creativo* —dijo Madarian, con un rastro de impaciencia en la voz—. Peter, si algo tiene el cerebro humano que jamás ha tenido un cerebro de robot, es ese poco de imprevisibilidad derivado de los efectos de incertidumbre a nivel subatómico. Admito que este efecto nunca ha sido demostrado de forma experimental dentro del sistema nervioso, pero en principio, sin ello, el cerebro humano no será superior al cerebro robótico.

—Y tú piensas que si introduces este efecto en el cerebro robótico, en principio el cerebro humano no será superior al cerebro robótico.

—Esto es exactamente lo que creo —dijo Madarian.

Después de esto, estuvieron todavía discutiendo largo rato.

Era obvio que la junta directiva no estaba dispuesta a dejarse convencer fácilmente.

Scott Robertson, el principal accionista de la compañía, dijo:

—Ya resulta suficientemente difícil controlar la industria de los robots como está, con la hostilidad pública hacia los robots siempre a punto de ponerse de manifiesto abiertamente. Si el público se entera de que los robots serán incontrolables... Oh, y no me hablen de las Tres Leyes.

—En ese caso, no las utilicemos —dijo Madarian—. Digamos que el robot... que el robot es intuitivo.

—Un robot intuitivo —murmuró alguien—. ¿Un robot mujer?

Una sonrisa recorrió la mesa de juntas.

Madarian cogió la ocasión al vuelo.

—De acuerdo. Un robot mujer. Por supuesto, nuestros robots no tienen sexo, y éste tampoco lo tendrá, pero siempre actuamos como si fuesen masculinos. Les ponemos nombres de hombre y nos referimos a ellos en masculino. Ahora bien, éste, si tomamos en consideración la naturaleza de la estructura matemática del cerebro que yo he propuesto, entrará dentro del sistema del JN coordinado. El primer robot sería JN-1, y yo había dado ya por sentado que se llamaría John-1... Me temo que éste es el nivel de originalidad del experto en robótica medio. ¿Pero por qué demonios no llamarlo Jane-1? Si es inevitable que el público esté enterado de lo que estamos haciendo, estamos construyendo un robot femenino con intuición.

Robertson sacudió la cabeza.

—¿Y eso qué cambiaría? Lo que estás diciendo es que pretendes eliminar la última barrera que, en principio, hace que el cerebro robótico siga siendo inferior al humano. ¿Cómo crees tú que reaccionaría el público ante esto?

—¿Tienes previsto hacerlo público? —dijo Madarian. Reflexionó un poco y añadió—: Escucha. Una creencia general entre el público es que las mujeres no son tan inteligentes como los hombres.

Durante un instante una mirada aprensiva apareció en el rostro de más de uno de los hombres sentados a la mesa, que levantaron y bajaron la vista como si Susan Calvin ocupase todavía su lugar de costumbre.

—Si informamos sobre un robot femenino, no importará lo que sea —dijo Madarian—. El público dará automáticamente por sentado que es de pocas luces. Si nos limitamos a anunciar al robot como Jane-1, no será necesario que añadamos una sola palabra. Estaremos a salvo.

—De hecho, hay algo más que esto —dijo Bogert, despacio—. Madarian y yo hemos repasado cuidadosamente los cálculos matemáticos y la serie JN, sea John o Jane, sería completamente segura. Serían menos complejos y menos capacitados intelectualmente, en un sentido ortodoxo, que muchas otras series que hemos diseñado y construido. Sólo existiría el factor añadido de, bien, debemos ir acostumbrándonos a llamarlo «intuición».

—¿Quién conoce sus efectos? —murmuró Robertson.

—Madarian ha sugerido uno. Como todos sabéis, en principio se ha desarrollado el Salto Espacial. El hombre puede alcanzar lo que podemos llamar efectivamente hipervelocidades más allá de la luz y visitar otros sistemas estelares para volver en un período de tiempo insignificante... como máximo, semanas.

—Esto no es nuevo para nosotros —dijo Robertson—. Podría haberse conseguido sin robots.

—Exacto, y ello no nos sirve para nada porque sólo podemos utilizar el mecanismo hiperveloz de vez en cuando para alguna que otra demostración, en vistas a dar publicidad a U. S. Robots. El Salto Espacial es arriesgado, consume una cantidad increíble de energía y por consiguiente es terriblemente caro. Si a pesar de todo fuésemos a utilizarlo, estaría bien poder informar sobre la existencia de un planeta habitable. Llamadlo necesidad psicológica. Si uno invierte alrededor de veinte mil millones de dólares en un solo Salto Espacial y sólo proporciona información científica, el público querrá saber por qué se ha malgastado su dinero. Si, por el contrario, se da a conocer la existencia de un planeta habitable, y uno se convierte en un Colón interestelar, a nadie le preocupará su dinero.

—¿Y?

—¿Y dónde vamos a encontrar un planeta habitable? O dicho de otra forma, ¿qué estrella dentro del alcance del Salto Espacial en su estado actual de desarrollo, cuál de las trescientas mil estrellas y sistemas estelares dentro de los trescientos años luz tiene la mayor probabilidad de contar con un planeta habitable? Disponemos de cantidad de datos sobre cada una de las estrellas situadas a trescientos años luz y una idea de que cada una tiene un sistema planetario. ¿Pero cuál tiene un planeta *habitable*? ¿Cuál visitar...? No lo sabemos.

—¿Cómo nos ayudaría ese robot Jane? —dijo uno de los directores.

Madarian estuvo a punto de contestar, pero lo pensó mejor e hizo un ligero gesto en dirección a Bogert y éste comprendió. La opinión del director tendría más peso. A Bogert no le gustaba particularmente la idea: se estaba relacionando de forma notoria con el proyecto de la serie JN y, de resultar un fracaso, los dedos pegajosos de las críticas se adherirían a él. Por otra parte, la jubilación no estaba lejos y, si el proyecto funcionaba, se retiraría rodeado de un resplandor de gloria. Tal vez se tratase sólo de la confianza en sí mismo que irradiaba Madarian, pero Bogert había llegado a creer honestamente que el proyecto saldría bien.

—Es muy posible —comenzó— que en algún lugar de las bibliotecas de datos que tenemos sobre estas estrellas, haya métodos para estimar las probabilidades de la presencia de planetas habitables tipo la Tierra. Todo lo que necesitamos es interpretar estos datos de forma adecuada, considerarlos de manera apropiadamente creativa y llevar a cabo las correlaciones exactas. Todavía no lo hemos hecho. O, si lo ha hecho algún astrónomo, no ha sido lo suficientemente inteligente como para darse cuenta de lo que tenía entre manos.

»Un robot tipo JN podría establecer las correlaciones más rápida y precisamente que un hombre. En un día, establecería y descartaría tantas correlaciones como un hombre podría hacer en diez años. Además, trabajaría de forma completamente casual, mientras que un hombre contaría con fuertes prejuicios basados en ideas preconcebidas y en las creencias ya establecidas.

Después de esto se hizo un silencio considerable. Fue Robertson quien lo rompió:

—Pero es sólo una cuestión de probabilidades, ¿no es así? Imaginemos que este robot dice: «La estrella con mayores probabilidades de contar con un planeta habitable dentro de tantos años luz es Squidgee 17», u otra, y vamos allí y nos encontramos con que esta probabilidad es sólo una probabilidad y que a fin de cuentas no hay planetas habitables. ¿En qué situación nos deja?

En esta ocasión, Madarian intervino.

—Incluso así habríamos ganado algo. Sabríamos cómo el robot había llegado a esta conclusión porque él, o ella, nos lo diría. Ello puede perfectamente ayudarnos a profundizar en gran manera en los detalles astronómicos y convertir en valioso todo el asunto, aunque no lleguemos a hacer el Salto Espacial. Además, nos permitiría trabajar en los cinco sistemas más susceptibles de contener planetas y la probabilidad de que uno de los cinco tenga un planeta habitable puede entonces superar el 0,95. Sería prácticamente seguro...

Y siguieron discutiendo todavía largo rato.

Los fondos concedidos eran bastante insuficientes, pero Madarian ya estaba acostumbrado a sacar más dinero una vez gastado el primero. Ante el riesgo de perder irrevocablemente alrededor de doscientos millones, cuando cien millones más podían salvarlo todo, sin duda sería aceptada la concesión de éstos.

Jane-1 fue finalmente construida y presentada. Peter Bogert lo-la estudió con gravedad.

—¿Por qué la cintura estrecha? —dijo—. ¿No introduce una debilidad mecánica?

Madarian lanzó una risita.

—Escucha, si hemos de llamarlo Jane, no tiene sentido darle el aspecto de Tarzán.

Bogert sacudió la cabeza.

—No me gusta. No tardarás en abultarlo en la parte superior para dar forma a unos pechos, y sería una idea fatal. Si las mujeres empiezan a pensar que los robots pueden parecerse a ellas, puedo decirte exactamente qué ideas perversas se les ocurrirán, y te encontrarás con una *verdadera* hostilidad por su parte.

—Tal vez en esto tengas razón —dijo Madarian—. Ninguna mujer quiere tener la sensación de que puede ser sustituida por algo que no tenga ninguno de sus defectos. De acuerdo.

Jane-2 no tenía la cintura de avispa. Era un robot sombrío que rara vez se movía y todavía más raramente hablaba.

Durante su construcción, sólo en muy pocas ocasiones Madarian se había precipitado al despacho de Bogert con noticias, y ello era una señal segura de que las cosas no iban muy bien. La exuberancia de Madarian ante el éxito era arrolladora. No dudaría en irrumpir en el dormitorio de Bogert a las tres de la madrugada con una noticia caliente, sin poder esperar hasta la mañana siguiente. Bogert estaba seguro de ello.

Ahora Madarian parecía abatido, su expresión, de costumbre resplandeciente, era casi pálida, y sus rollizas mejillas en cierta forma se habían hundido.

—No quiere hablar —dijo Bogert, presintiendo que estaba en lo cierto.

—Oh, sí habla —dijo Madarian, mientras se sentaba pesadamente y se mordía el labio inferior antes de añadir—: Por lo menos a veces.

Bogert se levantó y dio una vuelta alrededor del robot.

—Y, supongo, que cuando habla lo que dice no tiene sentido. Bien, si no habla no es mujer, ¿no te parece?

Madarian intentó esbozar una leve sonrisa, pero renunció.

—El cerebro, aislado, funcionaba —dijo.

—Lo sé.

—Claro que, apenas se puso este cerebro al frente del aparato físico del robot, se modificó necesariamente.

—Claro —aceptó Bogert, desarmado.

—Pero también de forma imprevisible y frustrante. El problema radica en que cuando se trabaja con cálculos de incertidumbre de dimensiones *n*, las cosas se...

—¿Incertidumbre? —dijo Bogert. Él mismo se sorprendió de su reacción. La inversión de la compañía era ya considerable y habían transcurrido casi dos años; sin embargo, los resultados eran, por decirlo finamente, decepcionantes. A pesar de todo, allí estaba, acuciando a Madarian y divirtiéndose con el asunto.

De forma casi furtiva, Bogert se preguntó si no sería a la ausente Susan Calvin a quien estaba acuciando. Madarian era mucho más exuberante y efusivo de lo que Susan jamás podría haberlo sido, cuando las cosas iban bien. También era más dado a la depresión cuando las cosas no iban bien; por su parte, Susan, era precisamente bajo presión cuando nunca flaqueaba. Tal vez el blanco que suponía Madarian era claramente la recompensa por el blanco que Susan jamás se había permitido ser.

Al igual que habría hecho Susan, Madarian no reaccionó ante la última observación de Bogert; no por desprecio, como habría sido el caso de Susan, sino porque no lo oyó.

—El problema está en el reconocimiento —dijo, en un intento de explicarse—. Tenemos a Jane-2, que está estableciendo unas correlaciones magníficas. Puede hacer correlaciones sobre cualquier cuestión, pero una vez lo ha hecho, no puede distinguir un resultado valioso de uno que no lo sea. Saber cómo se debe programar a un robot para que explique una correlación significativa, cuando uno no sabe qué correlaciones establecerá, no resulta tarea fácil.

—Supongo que habrás considerado la idea de reducir el potencial de la conexión de diodos W-21 y hacer saltar la chispa en los...

—No, no, no, no —dijo Madarian, y su voz se convirtió en un susurrante diminuendo—. No podemos pretender que lo diga todo. Esto podemos hacerlo por nosotros mismos. Se trata de que reconozca la correlación crucial y saque la conclusión. Una vez hecho esto, ¿comprendes?, un robot Jane obtendría una respuesta por intuición. Ese algo que nosotros sólo podríamos conseguir con la suerte más remota.

—Creo que si tuviésemos un robot así —dijo Bogert, secamente—, le harías hacer de forma rutinaria lo que, entre los seres humanos, sólo algún que otro genio es capaz de hacer.

Madarian asintió vigorosamente con la cabeza.

—Exactamente, Peter. Yo mismo lo habría dicho en estos términos de no haber temido asustar a los directivos. Por favor, no lo repitas delante de ellos.

—¿Realmente quieres un robot genio?

—¿Qué son las palabras? Estoy intentando obtener un robot con la capacidad de llevar a cabo correlaciones al azar a enormes velocidades, y que tenga además un cociente de alto reconocimiento del significado clave. Estoy intentando poner *estas* palabras en un campo positrónico de ecuaciones. Y pensaba haberlo logrado, pero no es así. Todavía no.

Miró a Jane disgustado y dijo:

—¿Jane, cuál es el mejor significado que tienes?

La cabeza de Jane-2 se volvió para mirar a Madarian pero no emitió sonido alguno, y Madarian murmuró con resignación.

—Lo está introduciendo en los bancos de correlación.

Finalmente, Jane-2 habló, con voz sin entonación.

—No estoy segura —fue lo que dijo.

Los ojos de Madarian miraron hacia arriba.

—Está efectuando el equivalente de formular ecuaciones con soluciones indeterminadas.

—Lo sospechaba —dijo Bogert—. Escucha, Madarian, ¿puedes lograr algo a partir de este punto, o abandonamos ahora y dejamos las pérdidas en quinientos millones?

—Oh, lo conseguiré —murmuró Madarian.

Jane-3 no fue un logro. Ni siquiera llegó nunca a ser activada y Madarian estaba furioso.

Fue un error humano. A decir con toda exactitud, culpa suya. A pesar de que Madarian se sentía completamente humillado, los otros mantuvieron la calma. Quien jamás haya cometido un error en las increíblemente complicadas matemáticas del cerebro positrónico que rellene el primer memorándum de corrección.

Pasó casi un año antes de que Jane-4 estuviese terminada. Madarian estaba exuberante de nuevo.

—Lo ha conseguido —dijo—. Cuenta con un elevado y buen cociente de reconocimiento.

Tuvo la suficiente confianza como para presentarla ante la junta directiva y hacerle resolver unos problemas. No problemas matemáticos; cualquier robot podría hacerlo; sino problemas donde los términos eran deliberadamente erróneos sin ser completamente inexactos.

—En realidad, ello no significa mucho —dijo Bogert después.

—Claro que no. Para Jane-4 es elemental, pero tenía que mostrarles algo, ¿no es así?

—¿Sabes cuánto hemos gastado hasta la fecha?

—Vamos, Peter, no me vengas con eso. ¿Sabes lo que conseguiremos a cambio? Ya sabes que estas cosas no caen en el vacío. Te diré por si te interesa que llevo tres malditos años con esto, pero he desarrollado nuevas técnicas de cálculo que nos ahorrarán como mínimo cincuenta mil dólares en cada nuevo tipo de cerebro positrónico que diseñemos desde ahora en adelante. ¿De acuerdo?

—Pero...

—No me vengas con peros. Es así. Y personalmente tengo la sensación de que los cálculos de dimensión *n* de incertidumbre pueden tener una gran aplicación, si tenemos la perspicacia suficiente como para encontrarlos, y mis robots Jane los *descubrirán*. Una vez haya conseguido exactamente lo que quiero, la nueva serie JN quedará amortizada en un plazo de cinco años, incluso aunque triplicásemos lo que hemos invertido hasta ahora.

—¿A qué te refieres con «exactamente lo que quiero»? ¿Qué es lo que va mal con Jane-4?

—Nada. O no mucho. Está en la vía, pero puede ser mejorada y tengo la intención de hacerlo. Cuando la diseñé creía que sabía adónde me dirigía. Ahora la he probado y *sé* adónde voy. Tengo la intención de llegar a ese punto.

Jane-5 sí fue un logro. Madarian tardó más de un año en construirla y en este caso sin ninguna reserva: su confianza era total.

Jane-5 era más baja que el robot medio, y más delgada. Sin ser una caricatura femenina como había sido Jane-1, lograba tener un aire de feminidad a pesar de la carencia de un solo rasgo claramente femenino.

—Es la postura —dijo Bogert.

Sus brazos colgaban con gracia y en cierta forma se había logrado que el torso diese la impresión de curvarse ligeramente cuando se volvía.

—Escúchala... —dijo Madarian—. ¿Cómo te encuentras, Jane?

—En excelente estado de salud, gracias —dijo Jane-5, y la voz era exactamente la de una mujer; un dulce y casi inquietante contralto.

—¿Por qué has hecho esto, Clinton? —quiso saber Peter, asombrado y empezando a fruncir el ceño.

—Es importante psicológicamente —dijo Madarian—. Quiero que la gente piense en ella como en una mujer; que la traten como a una mujer; que le *expliquen* cosas.

—¿Qué gente?

Madarian se metió las manos en los bolsillos y miró pensativamente a Bogert.

—Quisiera arreglar las cosas de forma que Jane y yo podamos ir a Flagstaff.

Bogert no pudo dejar de advertir que Madarian no decía Jane-5. En esta ocasión no utilizaba ningún número. No era una Jane, sino *la* Jane.

—¿A Flagstaff? ¿Por qué? —preguntó, con un tono de duda.

—¿Acaso no está allí el Centro Mundial para la Planetología General? ¿No es allí donde se estudian las estrellas y se intenta calcular las probabilidades de planetas habitables?

—Lo sé, pero está en la Tierra.

—Claro, y por supuesto lo sé.

—Los movimientos de los robots en la Tierra están estrictamente controlados. Y no es necesario ir. Hazte traer una biblioteca sobre Planetología general y que Jane se empape de ella.

—¡No! Peter, quieres meterte en la cabeza de una vez por todas que Jane no es un robot lógico corriente; es intuitiva.

—¿Y qué?

—¿Cómo podemos decir lo que necesita, lo que puede utilizar, lo que puede inspirarla? Para leer los libros podemos usar cualquier modelo metálico de la fábrica: datos en conserva y, por añadidura, trasnochados. Jane tiene que contar con información viva: tiene que tener tonos de voz, tiene que disponer de información tangencial, debe incluso estar al corriente de cosas totalmente irrelevantes. ¿Cómo demonios sabremos qué o cuándo se desencadena algo en su interior para llegar a crear una pauta? Si lo supiésemos, no la necesitaríamos en absoluto, ¿no te parece?

Bogert empezó a impacientarse.

—En ese caso, trae aquí a esos hombres, a los planetólogos generales.

—No serviría de nada. Estarían fuera de su elemento. No reaccionarían de forma natural. Quiero que Jane los vea en acción; quiero que vea sus instrumentos, sus oficinas, sus escritorios, todo lo que pueda. Quiero que organices las cosas de forma que pueda ser transportada a Flagstaff. Y de verdad te lo digo, no me gustaría volver a discutir sobre el asunto.

Por un momento sus palabras habían sonado como las de Susan. Bogert tuvo un escalofrío.

—Es complicado organizar el transporte de un robot experimental...

—Jane no es experimental. Es la quinta de la serie.

—De hecho, los otros cuatro no eran modelos útiles.

Madarian levantó las manos en un gesto de inútil frustración.

—¿Quién te obliga a contárselo al gobierno?

—No me preocupa el gobierno. Se le puede hacer comprender los casos especiales. Se trata de la opinión pública. Hemos recorrido un largo camino en cincuenta años y no tengo la intención de retroceder veinticinco de ellos porque tú hayas perdido el control de un...

—No perderé el control. Estás haciendo unos comentarios estúpidos. ¡Escucha! U. S. Robots puede permitirse un avión privado. Podemos aterrizar discretamente en el aeropuerto comercial más cercano y perdernos en medio de cientos de aterrizajes similares. Podemos organizar que nos espere un coche terrestre grande con un remolque para llevarnos a Flagstaff. Jane será embalada de forma que sea evidente que transportamos a los laboratorios alguna pieza de equipo en absoluto robótico. Nadie nos mirará dos veces. Se advertirá a los hombres de Flagstaff y se les explicará el objetivo exacto de la visita. Serán los primeros interesados en cooperar y evitar filtraciones.

Bogert reflexionó.

—La parte arriesgada será el avión y el coche terrestre. Si algo le pasara al embalaje...

—No pasará nada.

—Podríamos hacerlo si desactivamos a Jane durante el transporte. Así, incluso si alguien descubre que está dentro...

—No, Peter. No podemos hacer eso. Ni hablar, con Jane-5, no. Escucha, desde que ha sido activada ha estado asociando libremente. Durante la desactivación se puede congelar la información que posee, pero no así las asociaciones libres. No señor, nunca podrá ser desactivada.

—Pero, en ese caso, si se descubre de algún modo que estamos transportando un robot activado...

—No se descubrirá.

Madarian se mantuvo en sus trece y por fin despegó el avión. Se trataba de un último modelo automático Computojet, pero llevaba como refuerzo un piloto humano, uno de los empleados de U. S. Robots. El embalaje conteniendo a Jane llegó al aeropuerto sin problemas, fue transferido al coche terrestre y llegó sin incidentes a los Laboratorios de Investigación de Flagstaff.

Peter Bogert recibió la primera llamada de Madarian apenas una hora después de haber llegado éste a Flagstaff. Madarian estaba extático y, como era propio de él, no pudo esperar para informar.

El mensaje llegó a través de un circuito cerrado de rayos láser, protegido, cifrado y normalmente impenetrable, pero a Bogert lo exasperó. Sabía que podía ser interceptado si alguien con la suficiente capacidad tecnológica —el gobierno, por ejemplo— se lo proponía. La única seguridad real radicaba en el hecho de que el gobierno no tenía motivo alguno para intentarlo. Por lo menos, así lo esperaba Bogert.

—Por Dios bendito, ¿tenías que llamar?

Madarian lo ignoró completamente.

—Ha sido una inspiración —dijo precipitadamente—. Una pura genialidad, te lo digo yo.

Bogert se quedó un momento mirando el receptor.

—¿Quieres decir que tienes la respuesta? ¿Ya? —gritó, a continuación, incrédulo.

—¡No, no! Danos tiempo, maldita sea. Lo que quiero decir es que el asunto de su voz fue una inspiración. Escucha, después de trasladarnos desde el aeropuerto hasta el edificio administrativo principal en Flagstaff, desembalamos a Jane y ésta salió de la caja. Cuando esto sucedió, todos los hombres del lugar retrocedieron. ¡Asustados! ¡Atontados! Si ni siquiera los científicos pueden comprender el significado de las Leyes de la Robótica, ¿qué podemos esperar del individuo medio sin formación? Mientras estaba allí, por un segundo pensé: Todo será inútil. No hablarán. Se les pondrán los nervios de punta y buscarán una rápida escapatoria en el caso de que ella pierda el control, sin ser capaces de pensar en ninguna otra cosa.

—Bien, y entonces ¿adónde quieres ir a parar?

—Entonces ella los saludó de forma rutinaria. Dijo: «Buenas tardes, señores. Encantada de conocerlos.» Frase que salió en su hermoso contralto... Y eso bastó. Un hombre se ajustó la corbata y otro se pasó la mano por el cabello. Lo que realmente me chocó fue que el hombre más viejo del lugar comprobó que su bragueta estuviese abrochada. Ahora están todos locos con ella. Les ha bastado su voz. Ya no es un robot; es una chica.

—¿Quieres decir que hablan con ella?

—¡Que si hablan con ella! Yo diría que sí. Debería haberla programado para emitir entonaciones sexuales. De haberlo hecho, ahora mismo le estarían pidiendo una cita. Podemos hablar de reflejo condicionado. Escucha, los hombres responden a las voces. ¿Acaso miran en los momentos más íntimos? Es la voz lo que está en el oído...

—Sí, Clinton, creo recordarlo. ¿Dónde está Jane ahora?

—Con ellos. No quieren separarse de ella.

—¡Maldita sea! Ve con ella. No la pierdas de vista, muchacho.

Las llamadas posteriores de Madarian, durante los diez días que pasó en Flagstaff, se volvieron menos frecuentes y cada vez menos entusiastas.

Informó que Jane escuchaba atentamente, y de vez en cuando contestaba. Seguía siendo popular. Le era permitida la entrada en todas partes. Pero no había resultados.

—¿Nada en absoluto? —dijo Bogert.

Madarian se puso inmediatamente a la defensiva.

—No podemos decir nada en absoluto. Es imposible decir nada en absoluto con un robot intuitivo. No sabemos qué es lo que puede no funcionar en su interior. Esta mañana le ha preguntado a Jensen qué había desayunado.

—¿Rossiter Jensen, el astrofísico?

—Sí, claro. Ha resultado que no había desayunado. Bueno, una taza de café.

—¿Así que Jane está aprendiendo a mantener conversaciones intrascendentes? Esto apenas compensa la inversión...

—Oh, no seas estúpido. No era una conversación intrascendente. Para Jane no hay charlas intrascendentes. Ha hecho la pregunta porque tenía algo que ver con cierta correlación cruzada que estaba estableciendo en su mente.

—¿De qué puede tratarse?

—¿Cómo voy a saberlo? Si lo supiese, yo mismo sería una Jane y tú no la necesitarías. Pero tiene que tener algún significado. Está programada para una fuerte motivación, con el fin de obtener una respuesta al problema de un planeta con óptima habitabilidad/distancia y...

—En ese caso, infórmame cuando lo haya hecho y no antes. De verdad, no necesito una descripción paso a paso de posibles correlaciones.

En realidad no esperaba la notificación del éxito. A medida que pasaban los días, Bogert fue perdiendo entusiasmo, por lo que, cuando por fin llegó la noticia, no estaba preparado. Y ésta llegó al final de todo.

En esta última ocasión, cuando llegó el mensaje apoteósico de Madarian, fue casi en un susurro. La exaltación había descrito un círculo completo y Madarian había caído en un tranquilo temor reverencial.

—Lo ha logrado —dijo—. Lo ha logrado. También después de haberme dado por vencido. Después de estar enterada de todo lo del lugar, y muchas cosas dos o tres veces, y nunca haber dicho una palabra que tuviese algún sentido... Ahora estoy en el avión, de vuelta. Acabamos de despegar.

Bogert logró recuperar el aliento.

—Nada de bromas, muchacho. ¿Tienes la *respuesta*? Si es así, dilo. Dímelo sin rodeos.

—Ella tiene la respuesta. Me ha dado la respuesta. Me ha dado el nombre de tres estrellas situadas dentro de ochenta años luz que, según ella, tienen de un setenta a un noventa por ciento de probabilidades de poseer cada una un planeta habitable. La probabilidad de que por lo menos uno lo tenga es de 0,972. Es casi seguro. Y esto no es todo. Cuando lleguemos, nos podrá explicar la línea exacta de razonamiento que la ha llevado a esta conclusión y el pronóstico que toda la ciencia de la astrofísica y la cosmología se...

—¿Estás seguro...?

—¿Crees que sufro de alucinaciones? Tengo incluso un testigo. El pobre muchacho ha dado un salto de más de medio metro cuando de pronto Jane ha empezado a citar la respuesta con su maravillosa voz...

Y fue entonces cuando se produjo el impacto del meteorito y, en la completa destrucción del avión que siguió, Madarian y el piloto fueron reducidos a trocitos de carne sanguinolenta y no se pudo recuperar ningún resto útil de Jane.

Jamás en U. S. Robots la tristeza había sido tan profunda. Robertson intentó consolarse con el hecho de que la total destrucción había ocultado por completo las irregularidades en que había incurrido su empresa.

Peter movía la cabeza y se lamentaba.

—Hemos perdido la mejor oportunidad que jamás haya tenido U. S. Robots para ganar una imagen pública inmejorable: la de superar el maldito complejo de Frankenstein. Habría significado mucho para los robots que uno de ellos hubiese encontrado la solución al problema del planeta habitable, después de que otros robots han contribuido al Salto Espacial. Los robots nos habrían abierto la galaxia. Y, si al mismo tiempo, hubiésemos podido llevar los conocimientos científicos en una docena de direcciones distintas, como sin duda habríamos hecho... Oh, Dios, no hay forma de estimar los beneficios para la raza humana, y para nosotros, por supuesto.

—¿Podemos construir otras Janes? ¿Incluso sin Madarian? —quiso saber Robertson.

—Claro que podemos. ¿Pero podremos contar de nuevo con la correlación adecuada? ¿Quién sabe lo poco probable que era este resultado final? ¿Y si Madarian hubiese tenido la fantástica suerte de los principiantes? ¿Para luego tener una mala suerte todavía más fantástica? Un meteorito dirigiéndose de cabeza a... Es sencillamente increíble...

—Pudo haber sido... intencionado —dijo Robertson en un vacilante susurro—. Quiero decir, tal vez se suponía que no debíamos enterarnos y el meteorito fue un fallo de... —Se interrumpió ante la mirada inquisitiva de Bogert.

—Quiero creer que no se trata de una pérdida total —dijo Bogert—. Otras Janes pueden sernos útiles en ciertos sentidos. Y, si podemos hacer que el público las acepte, aunque me pregunto lo que dirán las mujeres, podemos dotar a otros robots de voces femeninas. ¡Si por lo menos supiésemos lo que dijo Jane-5!

—En aquella última llamada, Madarian dijo que había un testigo.

—Lo sé —dijo Bogert—. He estado pensando en ello. ¿Acaso imagináis que no me he puesto en contacto con Flagstaff? Nadie en todo el lugar oyó a Jane decir algo fuera de lo corriente, nada que pareciese una respuesta al problema del planeta habitable, y por supuesto cualquiera habría reconocido la respuesta de haberse producido... o por lo menos la habría reconocido como una posible respuesta.

—¿Podía Madarian haber mentido? ¿O haberse vuelto loco? Tal vez estaba intentando protegerse...

—¿Quieres decir que tal vez intentó salvar su reputación fingiendo que tenía la respuesta y trucando a Jane para que no pudiese hablar y decir él entonces: «Oh, lo siento, fue un accidente. ¡Oh, maldita sea!» No lo acepto ni por un instante. También podéis imaginar que organizó lo del meteorito.

—¿Qué podemos hacer?

—Volver a Flagstaff —dijo Bogert, gravemente—. La respuesta *tiene* que estar allí. Tengo que profundizar más, eso es todo. Iré allí y hablaré con un par de hombres del departamento de Madarian. Tenemos que revolver el lugar de arriba abajo y de cabo a rabo.

—Pero, ya sabes, aunque existiese un testigo que hubiese escuchado, ¿de qué nos serviría, ahora que no tenemos a Jane para que nos explique el proceso?

—Cualquier detalle insignificante puede servirnos. Jane dio los nombres de las estrellas: probablemente los números de catálogo, pues ninguna de las estrellas con nombre tiene la mínima posibilidad. Si alguien puede recordar lo que ella dijo de forma suficientemente clara como para recuperarlo mediante una psicoprueba, si esta persona careciese de memoria consciente, tendríamos algo. Con los resultados finales, y los datos con los que se alimentó a Jane al principio, tal vez podamos reconstruir la línea de razonamiento; podemos recuperar la intuición. De lograrlo, habremos salvado el juego...

Bogert regresó al cabo de tres días, mudo y totalmente deprimido. Cuando Robertson le preguntó ansiosamente por los resultados, él movió la cabeza.

—¡Nada!

»Absolutamente nada. He hablado con todas las personas de Flagstaff. Con todos los científicos, técnicos y estudiantes que tuvieron alguna relación con Jane: con todos los que, por lo menos, la habían visto. No eran muchos; debo felicitar a Madarian por esta discreción. Sólo permitió que la viesen quienes eran susceptibles de contar con conocimientos planetológicos con que alimentarla. En total, treinta y tres personas habían visto a Jane y de ellas sólo doce habían hablado con ella más allá de lo estrictamente casual.

»Les he hecho repetir una y otra vez lo que había dicho Jane. Lo recordaban todo perfectamente. Dado que se trata de hombres entregados a su trabajo e involucrados en un experimento crucial relacionado con su especialidad, su interés para recordar era máximo. Y además estaban ante un robot que hablaba, ya de por sí bastante sorprendente, y con uno que lo hacía como una actriz de televisión. Era imposible que olvidasen.

—Tal vez una psicoprueba... —dijo Robertson.

—Si alguno de ellos hubiese tenido aunque sólo fuese una idea vaga de que había sucedido algo, habría conseguido su consentimiento para someterse a una prueba. Pero nada nos da pie a una excusa, y no se puede someter a la prueba a dos docenas de hombres que viven de sus cerebros. Honestamente, no serviría de nada. Si Jane hubiese mencionado tres estrellas y hubiese dicho que éstas poseían planetas habitables, habría sido como lanzar cohetes en sus cerebros. ¿Cómo podrían haberlo olvidado?

—En ese caso, quizá uno de ellos está mintiendo —dijo Robertson, ceñudo—. Quiere la información para su uso personal; para posteriormente reivindicarla.

—¿En qué le beneficiaría? —dijo Bogert—. En primer lugar, todos allí conocen exactamente la razón de la presencia de Madarian y Jane. En segundo lugar, conocen el motivo de mi visita. Si en el futuro cualquiera que trabaja en Flagstaff surge con una teoría sorprendentemente nueva y diferente, aunque válida, sobre un planeta habitable, todos los de U. S. Robots sabrán inmediatamente que se ha apropiado de ella. Jamás se saldría con la suya.

—En ese caso, fue el propio Madarian quien se equivocó en algo.

—Tampoco veo la forma de creer esto. Madarian tenía un carácter irritable... creo que todos los robopsicólogos tienen un carácter irritable, por eso deben de trabajar con robots en lugar de hacerlo con hombres. Pero no era tonto. No *pudo* equivocarse en una cosa así.

—Entonces... —empezó Robertson, pero había agotado las posibilidades. Habían topado con una pared en blanco y durante algunos minutos se concentraron en ella desconsoladamente.

Finalmente, Robertson reaccionó.

—Peter...

—¿Sí?

—Consultémoslo con Susan.

—¡Qué! —dijo Bogert, poniéndose rígido.

—Consultémoslo con Susan. La llamamos y le pedimos que venga.

—¿Por qué? ¿Qué puede hacer ella?

—No lo sé. Pero ella también es robopsicóloga y puede comprender a Madarian mejor que nosotros. Además, ella... oh, cielos, siempre ha tenido más cerebro que nosotros.

—Tiene casi ochenta años.

—Y tú tienes setenta. ¿Qué tiene que ver?

Bogert suspiró. ¿Habrían hecho los años de retiro que su lengua abrasiva perdiese algo de aspereza?

—De acuerdo, consultaré con ella —dijo.

Susan Calvin entró en el despacho de Bogert lanzando una lenta mirada a su alrededor antes de fijar sus ojos en el Director de Investigación. Había envejecido mucho desde su jubilación. Su pelo era fino y blanco y su rostro parecía haberse arrugado. Se había vuelto tan frágil que casi parecía transparente y sólo en sus ojos, penetrantes e inflexibles, parecía quedar todo lo que había sido.

Bogert fue a su encuentro cordialmente y le estrechó la mano.

—¡Susan!

Ésta la cogió y dijo:

—Para ser un hombre viejo, Peter, tienes un aspecto bastante bueno. Yo, en tu caso, no esperaría hasta el año que viene. Retírate ahora y deja paso a los jóvenes... Y Madarian está muerto. ¿Me has llamado para que vuelva a ocupar mi antiguo puesto? ¿Pretendes mantener a los viejos hasta pasado un año de su verdadera muerte física?

—No, no, Susan. Te he llamado para... —Se interrumpió. En definitiva no tenía la mínima idea de cómo empezar.

Pero Susan leyó sus pensamientos tan fácilmente como siempre había hecho. Se sentó con la cautela nacida de unas articulaciones rígidas y dijo:

—Peter, me has llamado porque estás en un gran apuro. En caso contrario, antes preferirías verme muerta a una milla de ti.

—Vamos, Susan.

—No malgastes el tiempo con palabras bonitas. Cuando tenía cuarenta años no tenía tiempo que perder y por supuesto ahora tampoco. Tanto la muerte de Madarian como tu llamada son hechos insólitos, por lo tanto deben de tener una relación. Dos hechos inusuales sin conexión supone una probabilidad demasiado baja para preocuparse. Empieza por el principio y no te importe mostrar que eres un estúpido. Hace mucho tiempo que lo he descubierto.

Bogert carraspeó abatido, y empezó. Ella escuchó atentamente, levantando su arrugada mano de vez en cuando para detenerlo y poder formularle alguna pregunta.

En un momento dado, ella lanzó un bufido.

—¿Intuición femenina? ¿Para eso queríais el robot? Menudos sois los hombres. Os enfrentáis con una mujer que ha llegado a una conclusión correcta e, incapaces de aceptar el hecho de que es igual o superior a vosotros en inteligencia, inventáis algo llamado intuición femenina.

—Pues, sí, Susan, pero déjame continuar...

Así lo hizo él. Cuando le contó lo referente a la voz de contralto de Jane, ella dijo:

—En ocasiones resulta difícil decidir si una debe sentirse indignada contra el sexo masculino o si es preferible prescindir de él por despreciable.

—Bien, déjame continuar... —dijo Bogert.

Cuando hubo terminado, Susan dijo:

—¿Puedo utilizar a solas este despacho una o dos horas?

—Sí, pero...

—Quiero estudiar los distintos informes —dijo ella—. El tipo de programación de Jane, las llamadas de Madarian, tus entrevistas en Flagstaff. Supongo que si así lo deseo puedo usar este nuevo y maravilloso teléfono láser protegido y tu terminal de la computadora.

—Sí, por supuesto.

—Bien, en ese caso, sal de aquí, Peter.

No habían pasado tres cuartos de hora cuando ella se acercó cojeando a la puerta, la abrió e hizo llamar a Bogert.

Bogert llegó acompañado de Robertson. Entraron ambos y Susan saludó a este último con un «Hola, Scott», falto de entusiasmo.

Bogert intentó desesperadamente adivinar los resultados a través del rostro de Susan, pero no era más que la cara de una anciana ceñuda que no tenía ninguna intención de facilitarle las cosas.

—¿Crees que puedes hacer algo, Susan? —preguntó con cautela.

—¿Más de lo que ya he hecho? ¡No! No hay nada más.

Los labios de Bogert formaron una mueca de disgusto, Robertson por su parte dijo:

—¿Qué es lo que ya has hecho, Susan?

—He pensado un poco —dijo Susan—. Algo que, según parece, jamás lograré que hagan los demás. Por una parte, he pensado en Madarian. Lo conocía, ya sabéis. Tenía cerebro pero era un extrovertido muy irritante. Supuse que, después de mí, te gustaría, Peter.

—Supuso un cambio —dijo Peter, sin poder resistirlo.

—Y siempre acudía a ti corriendo al cabo de un minuto de obtener algún resultado; era así, ¿verdad?

—Sí, él era así.

—Y sin embargo —dijo Susan—, su último mensaje, donde dijo que Jane le había dado la respuesta, fue enviado desde el avión. ¿Por qué esperó tanto? ¿Por qué no te llamó desde Flagstaff, inmediatamente después de que Jane dijese lo que fuera que dijo?

—Supongo que por una vez quiso comprobarlo concienzudamente y... bien, no lo sé. Era lo más importante que le había ocurrido jamás; por una vez, tal vez quiso esperar y estar bien seguro él mismo.

—Todo lo contrario: sin duda, cuanto más importante era, menos esperaría. Y, si consiguió esperar, ¿por qué no hacerlo de forma adecuada y esperar hasta estar de regreso en U. S. Robots de forma que pudiese verificar los resultados con todo el equipo informático que esta compañía habría puesto a su disposición? En resumen, esperó demasiado desde un punto de vista y no lo suficiente desde el otro.

—Piensas entonces que estaba a punto de hacer alguna jugada —interrumpió Robertson.

—Scott —dijo Susan, y parecía estar indignada—, no intentes hacerle la competencia a Peter con comentarios necios. Déjame continuar... El segundo punto se refiere al testigo. Según el informe de la llamada, Madarian dijo: «El pobre muchacho ha dado un salto de más de medio metro cuando de pronto Jane ha empezado a citar la respuesta con su maravillosa voz.» De hecho, fue lo último que dijo. Y la pregunta es: ¿Por qué el testigo tuvo que dar un salto? Madarian había explicado que todos los hombres estaban locos por aquella voz, y habían pasado diez días con el robot... con Jane. ¿Por qué debería sobresaltarles el mero hecho de que hablase?

—Yo imaginé que fue por el asombro de escuchar a Jane dando una respuesta al problema que ha ocupado las mentes de los planetólogos desde hace casi un siglo.

—Sin embargo, ellos *esperaban* que ella diese con la respuesta. Para eso estaba allí. Además, tened en cuenta la forma en que fue formulada la frase. El comentario de Madarian hace pensar que el testigo se sobresaltó, no sorprendió, si sois capaces de advertir la diferencia. Y es más, esta reacción llegó «cuando Jane de pronto ha empezado»... En otras palabras, en el mismo momento de iniciarse la declaración. Para sorprenderse del contenido de lo que dijo Jane, el testigo habría tenido que escuchar un trozo para asimilarlo. Madarian habría dicho que había dado un salto de medio metro *después* de haber oído a Jane decir esto y aquello. Habría sido «después» y no «cuando», y la palabra «de pronto» no habría sido incluida.

—No creo que puedas hilar tan fino un asunto por la presencia o ausencia de una palabra —dijo Bogert, desasosegado.

—Puedo hacerlo porque soy robopsicóloga —replicó Susan, fríamente—. Y puedo suponer que así lo haría también Madarian, porque *él* era robopsicólogo. Por lo tanto, debemos encontrar una explicación a estas dos anomalías. El extraño lapso antes de la llamada de Madarian y la extraña reacción del testigo.

—¿*Puedes* explicarlas? —preguntó Robertson.

—Por supuesto, pues suelo hacer uso de un poco de lógica —contestó Susan—. Madarian llamó para comunicar la noticia sin demora, como siempre hacía, o con la demora que fue capaz de conseguir. Si Jane hubiese resuelto el problema en Flagstaff, sin duda habría llamado desde Flagstaff. Desde el momento que llamó desde el avión, es evidente que ella debió de resolver el problema después de haber salido de Flagstaff.

—Pero entonces...

—Dejadme terminar. Dejadme terminar. ¿Acaso Madarian no fue llevado desde el aeropuerto a Flagstaff en un automóvil terrestre pesado y cerrado? ¿Y Jane con él, en la caja?

—Sí.

—Y es de suponer que Madarian y la embalada Jane regresaron al aeropuerto desde Flagstaff en el mismo automóvil terrestre pesado y cerrado. ¿Estoy en lo cierto?

—¡Sí, por supuesto!

—Y tampoco estaban solos en aquel vehículo. En una de sus llamadas, Madarian dijo: Fuimos conducidos del aeropuerto al edificio administrativo principal; y supongo que tengo razón al deducir que si fue conducido, era porque había un conductor humano en el coche.

—¡Cielo santo!

—Lo que te pasa a ti, Peter, es que cuando piensas en un testigo de una declaración planetológica, piensas en planetólogos. Divides a los seres humanos en categorías, menospreciando y desdeñando a la mayoría de ellos. Un robot no puede hacer esto. La Primera Ley dice: Un robot no puede causar daño a un *ser humano* o, mediante la inacción, permitir que un *ser humano* sufra daño. *Ningún* ser humano. Ésta es la esencia del punto de vista robótico sobre la vida. Un robot no hace distinciones. Para un robot, todos los hombres son completamente iguales y, para un robopsicólogo que debe forzosamente tratar con robots a nivel robótico, todos los hombres son completamente iguales.

»A Madarian no se le habría ocurrido decir que la declaración de Jane había sido escuchada por un camionero. Para vosotros, un camionero es un mero apéndice animado de un camión, pero para Madarian era un hombre y un testigo. Ni nada más, ni nada menos.

Bogert movió la cabeza, incrédulo.

—¿Estás *segura*?

—Claro que estoy segura. ¿Cómo si no explicas el otro punto, la observación de Madarian sobre el sobresalto del testigo? Jane estaba embalada, ¿no es así? Pero no estaba desactivada. Según los informes, Madarian siempre se opuso a la desactivación de un robot intuitivo. Por otra parte, Jane-5, al igual que las otras Jane, no era en absoluto habladora. Sin duda, en ningún momento se le ocurrió a él ordenarle que permaneciese callada dentro del embalaje; y fue estando dentro de la caja cuando las piezas del rompecabezas empezaron a encajar. Ella se puso a hablar con naturalidad. Del interior del embalaje se dejó oír de pronto una hermosa voz de contralto. ¿Cómo habríais reaccionado vosotros, de haber sido el camionero? Seguramente dando un respingo. Es un milagro que no tuviese un accidente.

—Pero si el camionero fue testigo de este hecho, ¿por qué no se presentó posteriormente?

—¿Por qué? ¿No es posible que no fuese consciente de que había ocurrido algo crucial, de que había escuchado algo importante? Además, ¿no creéis que Madarian debió de darle una buena propina y pedirle que no dijese nada? No os gustaría que se hubiese divulgado la noticia de que se había transportado ilegalmente un robot a través de la Tierra.

—Bien, ¿recordará lo que se dijo?

—¿Por qué no? A ti, Peter, puede parecerte que un camionero, en tu opinión un paso por encima del mono, no es capaz de recordar. Pero los camioneros también tienen cerebro. Las declaraciones fueron de lo más notable y es muy posible que el conductor recuerde algunas. Aunque se equivoque en alguna letra o algún número, estaremos ante un conjunto finito, ya sabéis, las cinco mil quinientas estrellas o sistemas estelares dentro de ochenta años luz, o algo así... no he consultado la cifra exacta. Podréis escoger correctamente. Y, en caso necesario, tendréis la excusa para utilizar la psicoprueba...

Los dos hombres la miraban. Por fin, Bogert, sin atreverse a creerlo, murmuró:

—¿Pero cómo puedes estar *segura*?

Susan tuvo la tentación de decir: Porque he llamado a Flagstaff, estúpido, porque he hablado con el conductor, y porque me ha contado lo que oyó, porque he consultado la computadora de Flagstaff y he sacado las tres únicas estrellas que encajan con la información, y porque tengo sus nombres en el bolsillo.

Pero no lo hizo. Que lo descubriese por sí mismo. Con sumo cuidado, se puso de pie y dijo sardónicamente:

—¿Cómo puedo estar segura...? Llámalo intuición femenina.

## Truman Capote

# Profesor Miseria

El taconeo de sus propios zapatos en el vestíbulo de mármol le hizo pensar en cubos de hielo tintineando en un vaso. En cuanto a las flores —los crisantemos otoñales en la urna de la entrada—, sintió que bastaría tocarlas para que se pulverizaran en briznas escarchadas; no obstante, hacía calor, la casa estaba incluso demasiado caldeada; pero también fría —Sylvia se estremeció—, como frío era el níveo rostro tumefacto y ajado de la secretaria, Miss Mozart, que vestía toda de blanco, como una enfermera. Claro que bien podía ser que lo fuese. Pensó un momento: Mr. Revercomb, usted está loco y ésta es su enfermera. No, francamente no. En ese momento el mayordomo le tendió su bufanda. Le impresionó su apostura: delgado, tan cortés, un negro de piel pecosa y ojos enrojecidos y opacos. Le abrió la puerta; apareció Miss Mozart: su rígido uniforme produjo un seco susurro en el vestíbulo:

—Esperamos que regrese —dijo, y le dio a Sylvia un sobre cerrado—. Mr. Revercomb se ha sentido particularmente complacido.

Afuera, la oscuridad caía como copos azules. Caminó por las calles de noviembre hasta llegar a la solitaria zona alta de la Quinta Avenida. Se le ocurrió regresar a casa atravesando el parque: casi un acto de desafío. Henry y Estelle, que nunca dejaban de insistir en su sabiduría urbana, le habían dicho una y otra vez, Sylvia, no sabes lo peligroso que es caminar de noche por el parque; mira lo que le sucedió a Myrtle Calisher. Esto no es Easton, guapa. Ésa era otra de las cosas que decían. Otra más. Dios santo, estaba harta. Sin embargo, aparte de ellos y de algunas otras mecanógrafas de SnugFare, la empresa de ropa interior para la que trabajaba, ¿a quién más conocía en Nueva York? La situación no estaría mal si no tuviera que vivir con ellos, si le alcanzara para pagarse un cuarto propio en algún sitio; pero en aquel angosto apartamento a veces sentía deseos de estrangularlos. ¿Por qué había ido a Nueva York? La causa, fuera cual fuese, le parecía a estas alturas bastante vaga; sin embargo, un motivo esencial para salir de Easton había sido librarse de Henry y Estelle, mejor dicho, de sus equivalentes, aunque Estelle también era de Easton, un pueblo al norte de Cincinnati. Habían crecido juntas. El verdadero problema de Henry y Estelle era que estuvieran tan, pero tan casados. Don Jabón, Cepigrillo, todo tenía un nombre: el teléfono era Tin Tilín; el sofá, Nuestro Berny; la cama, el Gran Oso, ¿y qué decir de sus almohadas y toallas *Él* y *Ella*? Suficiente para enloquecer. ¡Enloquecer!, dijo en voz alta. El parque silencioso absorbió su voz. Qué agradable sensación, había hecho bien en atravesarlo, el viento soplaba entre las ramas, los arbotantes de luz recién encendidos iluminaban dibujos de tiza de los niños: pájaros rosas, flechas azules, corazones verdes. De pronto, dos muchachos aparecieron en el camino como un par de palabras obscenas. Rostros marcados de acné, sonrientes, se asomaron en la oscuridad como llamas amenazadoras. Cuando pasaron a su lado, Sylvia sintió que el cuerpo le ardía. Ellos se volvieron y la siguieron hacia una solitaria zona de juegos. Uno de los chicos golpeaba un palo a lo largo de una cerca de hierro, el otro silbaba. Los sonidos se aproximaron como el concentrado rugir de un motor cada vez más cercano. Cuando uno de ellos, riendo, gritó: «¿A qué viene tanta prisa?», a Sylvia se le entrecortó la respiración. Pensó en tirar el bolso y correr; no lo hagas, se dijo. En ese momento vio a un hombre que caminaba con su perro por un paseo lateral. Lo siguió y se mantuvo cerca de él hasta llegar a la salida. ¡Cómo agradecerían Henry y Estelle que les contara y les permitiera un te-lo-advertimos! Es más, Estelle lo mencionaría en una carta y el día menos pensado todo Easton sabría que la habían violado en Central Park. Durante el resto del trayecto maldijo a Nueva York: la inocente amenaza del anonimato y aquel pasillo digno del metro, iluminado toda la noche, con tuberías chirriantes, pasos interminables, la puerta numerada: 3 C.

—Ssshh —dijo Estelle, saliendo furtivamente de la cocina—, Butsy está haciendo los deberes.

Henry estudiaba derecho en la Universidad de Columbia y, efectivamente, estaba en la sala inclinado sobre sus libros. A petición de Estelle, Sylvia se descalzó y luego atravesó el cuarto de puntillas. Ya en su habitación se dejó caer en la cama y se tapó los ojos con las manos. ¿En verdad había sucedido ese día?

Miss Mozart, Mr. Revercomb, ¿estaban realmente ahí, en ese alto edificio de la calle Setenta y ocho?

—¿Qué has hecho hoy, guapa? —Estelle entró sin llamar.

Sylvia se apoyó en un codo:

—Nada, salvo mecanografiar noventa y siete cartas.

—¿Sobre qué? —Estelle usó el cepillo de Sylvia.

—¿Sobre qué va a ser? SnugFare, los calzoncillos que proporcionan seguridad a los líderes de nuestra ciencia y nuestra industria.

—¡Uf, qué humor! A veces no sé qué te pasa. Hablas en un tono... ¡Ay!, ¿por qué no compras otro cepillo? Éste es un amasijo de pelos.

—Casi todos tuyos.

—¿Qué has dicho?

—Olvídalo.

—Ah, me pareció que decías algo; en fin, como te iba diciendo, me gustaría que no tuvieras que ir a esa oficina, que no regresaras enfadada. Desde mi punto de vista, como le dije a Butsy la otra noche, y él estuvo absolutamente de acuerdo, le dije: Butsy, creo que Sylvia debería casarse, una chica tan sensible tiene que relajar sus tensiones. No hay nada que lo impida. Bueno, tal vez no seas una belleza, en el sentido corriente de la palabra, pero tienes unos ojos bonitos y aspecto de persona inteligente y sincera. De hecho, eres el tipo de chica que a cualquier profesional liberal le gustaría conseguir, y supongo que es lo que tú deseas... Mira lo distinta que soy desde que me casé con Henry. ¿No te sientes sola al ver lo felices que somos? Lo que quería decirte es que no hay nada como estar en la cama con un hombre que te abrace y...

—¡Estelle! ¡Por el amor de Dios! —Sylvia se incorporó, las mejillas encendidas de ira; pero luego se mordió los labios y bajó la mirada—. Lo siento —dijo—, no quise gritar, sólo quisiera que no me hablaras así.

—Está bien —dijo Estelle, sonriendo perpleja como una tonta; luego se acercó a Sylvia y la besó—. Comprendo. Estás agotada, eso es todo. Seguro que no has comido nada. Vamos a la cocina y te haré unos huevos revueltos.

Cuando Estelle colocó el plato de huevos frente a ella, Sylvia se sintió muy avergonzada. Después de todo, Estelle trataba de ser amable. Entonces, como para repararlo todo, dijo:

—Es que me ha pasado una cosa.

Estelle se sentó frente a ella con una taza de café. Sylvia continuó:

—No sé cómo decírtelo. Es tan extraño, pero... bueno, hoy almorcé en el Automat y tuve que compartir la mesa con tres desconocidos. Hubiera dado lo mismo que yo fuera invisible porque hablaron de cosas muy íntimas. Uno de ellos comentó que su novia iba a tener un hijo y no sabía dónde conseguir dinero para resolver el asunto. Dijo que no tenía nada que vender. Pero otro (bastante más refinado, como si no tuviera que ver con sus compañeros) dijo que sí, que podía vender algo: sueños. Hasta yo me reí, pero el hombre movió la cabeza y dijo con mucho aplomo que era totalmente cierto, que la tía de su esposa, Miss Mozart, trabajaba para un millonario que compraba sueños, simples sueños nocturnos, de cualquier persona. Anotó el nombre y la dirección, y se lo dio a su amigo, pero él lo dejó en la mesa; dijo que le parecía demasiado absurdo para creérselo.

—A mí también —intervino Estelle haciendo notar su sensatez.

—No sé —dijo Sylvia, encendiendo un cigarrillo—. No pude quitármelo de la cabeza. El nombre era A. F. Revercomb; la dirección correspondía a una casa de la calle Setenta y ocho. Sólo lo vi un instante, pero fue... no sé, no pude olvidarlo. Empezó a darme dolor de cabeza. Salí temprano de la oficina...

Estelle dejó en la mesa su taza de café, despacio, marcando el ademán.

—Escúchame, Sylvia, ¿no me dirás que has ido a ver al loco ese, a Revercomb?

—No quería ir —dijo Sylvia, repentinamente avergonzada. Era un error hablar de eso, Estelle carecía de imaginación, jamás lo iba a entender. Sus ojos se entrecerraron, como cada vez que inventaba una mentira—. Y no fui —añadió en tono neutro—. Iba de camino cuando me di cuenta de lo ridículo que era. En vez de seguir, di un paseo.

—Muy sensato de tu parte —dijo Estelle, empezando a acomodar platos en el fregadero—. Imagina lo que hubiera sucedido. ¡Comprar sueños! ¡Habráse visto! Caray. Realmente, seguro que esto no es Easton.

Antes de ir a su cuarto, Sylvia tomó un Seconal, cosa que hacía rara vez. De otro modo, con la cabeza tan despierta y tan hecha un lío no podría descansar; además sintió una extraña tristeza, una sensación de pérdida, como si hubiera sido víctima de un hurto, un hurto real o incluso moral, como si los muchachos que vio en el parque le hubieran arrebatado realmente —de pronto encendió la luz— el bolso. ¡El sobre que le había dado Miss Mozart! Estaba en el bolso, sólo ahora se acordaba. Lo abrió. Dentro había un papel azul doblado sobre un cheque; había una nota: *En pago de un sueño*, cinco dólares. Entonces lo creyó; era cierto, le había vendido un sueño a Mr. Revercomb. ¿Podía ser tan sencillo? Volvió a apagar la luz, sonriendo levemente; si vendía un par de sueños a la semana, ¡la de cosas que iba a hacer!: alquilaría un apartamento para ella sola, pensó, sumiéndose en el sueño. La calma la envolvía como la luz de una fogata, y luego vino un lapso con suaves brillos de linternas: se dormía profunda, muy profundamente. Vio unos labios, unos brazos masculinos, lejanísimos. Apartó la manta de una patada, con asco. ¿Hablaba Estelle de esos fríos brazos masculinos? Siguió deslizándose en el sueño; los labios de Mr. Revercomb rozaban su oído: *Cuénteme*, susurró.

Pasó una semana antes de que fuese a verle de nuevo, una tarde de domingo a principios de diciembre. Había salido del apartamento con intención de ver una película, pero sin saber muy bien cómo, se encontró en la Avenida Madison, a dos calles de Mr. Revercomb. El cielo estaba color de plata, hacía frío, y el viento afilado era tan penetrante como la malvarrosa. En las tiendas, los carámbanos de oropel navideño brillaban entre montones de lentejuelas de nieve. Todo en perjuicio de Sylvia: odiaba las festividades, esos momentos en que uno está más solo que nunca. Un espectáculo la obligó a detenerse ante un escaparate. Era un Santa Claus mecánico de tamaño natural; se golpeaba el estómago y se balanceaba con un frenesí de euforia eléctrica. Su estruendosa y chirriante carcajada se podía oír a través de los gruesos cristales. Cuanto más lo miraba, más siniestro le parecía. Finalmente se volvió, estremecida, y continuó su camino hacia la calle donde estaba la casa de Mr. Revercomb. Por fuera era un gran edificio, quizá menos cuidado e imponente que los otros, pero aun así bastante majestuoso. Una hiedra blanqueada por el invierno circundaba los ventanales emplomados y extendía sus tentáculos sobre la puerta; dos pequeños leones de piedra, de ciegos ojos cincelados, guardaban la puerta. Sylvia respiró hondo antes de tocar el timbre. El negro pálido y gentil de Mr. Revercomb la reconoció con una educada sonrisa.

En su anterior visita, la sala donde había esperado a ser recibida por Mr. Revercomb estaba vacía. Esta vez había otras personas, mujeres de aspecto diverso y un hombre joven, con ojos de mosquito, excesivamente nervioso. Si hubieran sido lo que aparentaban (pacientes en una sala de espera), él hubiera podido ser un hombre a punto de ser padre o una víctima del mal de San Vito. Estaba sentado junto a Sylvia; sus ojos inquietos desabotonaron su ropa con rapidez, y lo que vio le interesó muy poco. Sylvia sintió alivio cuando él volvió a sus crispadas preocupaciones. Poco a poco, sin embargo, cobró conciencia del interés que su presencia había suscitado en el grupo; a la luz lóbrega, incierta, de aquella estancia llena de plantas, las miradas parecían más duras que las sillas donde estaban sentados. Una mujer la miraba con especial severidad. Aquel rostro parecía destinado a poseer una dulzura suave y ordinaria, pero ahora, de ver a Sylvia, lo afeaban la desconfianza y los celos. La mujer agitaba suavemente una apolillada bufanda de piel, como si tratara de apaciguar a una bestia que pudiera atacarla a dentelladas; su mirada fija anticipó el ataque hasta que los pasos de Miss Mozart temblaron en el vestíbulo. De nuevo el grupo se dividió en entidades individuales vigilantes como escolares asustadizos.

—Mr. Pocker —dijo Miss Mozart, en tono admonitorio—, ¡usted es el siguiente!

Mr. Pocker la siguió, con mirada nerviosa y retorciéndose las manos. En la estancia oscura las mujeres volvieron a acomodarse como motas de sol.

Entonces empezó a llover. Los reflejos que temblaban en las ventanas se derritieron en las paredes. El joven mayordomo entró sigilosamente en la habitación, atizó el fuego del hogar y dispuso el servicio del té en una mesa. Sylvia estaba muy cerca del fuego; se sentía mareada por el calor y el sonido de la lluvia; inclinó la cabeza a un lado, al otro; cerró los ojos, ni despierta ni dormida.

Durante largo rato, sólo la cristalina oscilación de un reloj perturbó el límpido silencio de la casa de Mr. Revercomb. Luego, un repentino disturbio en el vestíbulo sumió la habitación en un furioso estruendo: tan vulgar como el color rojo, una voz grave gritaba:

—¿Detener a Oreilly? ¿Quién osará hacerlo?

El dueño de esta voz, un hombrecito con cuerpo de tonel y piel de color rojo ladrillo, se abrió paso hasta el umbral de la sala; su mirada deambuló ebria de arriba abajo.

—Vaya, vaya, vaya —dijo marcando una escala descendente con su voz, áspera como la ginebra—,

¿todas estas damas van antes que yo? Pero Oreilly es un caballero. Oreilly aguardará su turno.

—No lo hará. Aquí no. —Miss Mozart corrió tras él y lo agarró del cuello de la camisa. Oreilly enrojecía aún más y los ojos se le salían de las órbitas.

—Me está ahorcando —masculló, pero las manos pálidas, verdosas, de Miss Mozart, tan fuertes como raíces de roble, le tiraban aún más fuerte de la corbata hasta hacerle cruzar la puerta, que finalmente resonó con un efecto demoledor: una taza de té tintineó, y las hojas secas de una dalia cayeron de lo alto. La dama de las pieles se llevó una aspirina a la boca.

—¡Qué *desagradable*! —dijo.

Todos menos Sylvia sonrieron con admirada delicadeza cuando Miss Mozart pasó frotándose las manos.

Cuando salió de casa de Mr. Revercomb, caía una lluvia densa y oscura. Echó una mirada a la calle desierta en busca de un taxi. Nada ni nadie. Sí, había alguien, el borracho que ocasionó aquel revuelo. Estaba apoyado en un coche haciendo botar una pelota de goma como un solitario niño callejero.

—Mira —le dijo a Sylvia—, mira, me acabo de encontrar esta pelota, ¿trae buena suerte?

Sylvia sonrió. El hombre le pareció inofensivo, a pesar del feroz altercado; su rostro tenía algo especial, una expresión de tristeza risueña que sugería un payaso sin maquillaje.

La siguió hacia la avenida Madison, haciendo malabarismos con la pelota.

—A que hice el ridículo —dijo él—. Cuando me porto así lo único que quiero es sentarme a llorar. —Después de tanto rato bajo la lluvia había recobrado una considerable sobriedad—. Pero no debió tironearme de ese modo; qué salvaje es, maldita sea. Conozco a algunas mujeres bastante salvajes (mi hermana Berenice podía herrar al toro más bravo), pero ella es la más salvaje de todas. Recuerda las palabras de Oreilly: acabará en la silla eléctrica. —Sus labios produjeron un chasquido—. No tiene por qué tratarme así. De cualquier forma, toda la culpa no es de él. No tenía mucho con que empezar y él se quedó con lo que había; ahora no me queda *niente*, niña, *niente*.

—Qué pena —dijo Sylvia, sin saber de qué se compadecía—. ¿Es usted payaso, Mr. Oreilly?

—Lo era.

Habían llegado a la avenida, pero Sylvia no hizo el menor intento de buscar un taxi, quería seguir caminando bajo la lluvia junto al hombre que había sido payaso.

—De niña sólo me gustaban las muñecas vestidas de payaso —le dijo—. Mi cuarto era como un circo.

—He sido otras cosas. También he sido corredor de seguros.

—Ah —dijo Sylvia, decepcionada—. ¿Y ahora qué hace?

Oreilly rió y lanzó la pelota muy alto; la atrapó sin dejar de mirar hacia arriba.

—Miro el cielo —dijo—. Viajo a través del azul con mi maleta. Es adonde vas cuando no tienes otro sitio. ¿Qué hago en este planeta? He robado, mendigado, vendido mis sueños, todo por el whisky. Uno no puede viajar en azul sin una botella, lo cual nos lleva al grano: ¿qué te parecería si te pido prestado un dólar?

—Me parecería bien —contestó Sylvia; hizo una pausa, sin saber qué más decir.

Siguieron caminando, tan despacio que el chubasco parecía cercarlos como una presión aislante. Le pareció que caminaba con una de sus muñecas que se hubiera vuelto milagrosa y competente. Le tomó de la mano: un payaso viajando en el azul.

—Pero un dólar no lo tengo; sólo setenta y cinco centavos.

—Vale —dijo Oreilly—, ¿en serio paga tan poco últimamente?

Sylvia supo a quién se refería.

—No, no... En realidad no le he vendido un sueño. —No trató de explicarse; ni ella podía entenderlo. Ante la gris invisibilidad de Mr. Revercomb (impecable, preciso como una balanza, rodeado de clínicos aromas; ojos grises y opacos plantados como semillas en el rostro anónimo, sellados por lentes aceradas) fue incapaz de recordar un sueño, y habló de dos ladrones que la siguieron por un parque y por la zona de los columpios—. «Un momento —me pidió que me detuviese—; hay muchos tipos de sueños —dijo—, pero éste es falso, se lo está inventando.» ¿Cómo lo supo? Entonces le conté otro sueño; era sobre él: me abrazaba de noche entre globos que subían y lunas que caían. Dijo que no le interesaban los sueños que tuvieran que ver con él.

Miss Mozart, que anotaba todos los sueños en taquigrafía, recibió la orden de llamar al siguiente.

—Creo que no volveré.

—Volverás —dijo Oreilly—. Mírame. Hasta yo regreso, y hace mucho que el Profesor Miseria acabó conmigo.

—¿Profesor Miseria? ¿Por qué le llama así?

Habían llegado a la esquina donde el Santa Claus maníaco se mecía y vociferaba. Sus carcajadas resonaron en la chirriante calle lluviosa y su sombra se proyectó sobre los arco iris reflejados en el pavimento.

Oreilly dio la espalda al Santa Claus. Sonrió y dijo:

—Le llamo Profesor Miseria porque es eso. Profesor Miseria. Tal vez tú le llames de otro modo, pero es el mismo tipo; seguro que lo conoces. Las madres siempre hablan de él a sus hijos: vive en los huecos de los árboles, se desliza de noche por las chimeneas, acecha en los cementerios, sus pasos resuenan en los desvanes. El hijo de puta es un ladrón, una amenaza: se apropiará de todo lo que tengas y no te dejará nada, ni siquiera un sueño. ¡Buu! —gritó, y rió con más fuerza que el Santa Claus—. Qué, ¿ya sabes quién es?

Sylvia asintió:

—Sé quién es. En mi familia lo llamábamos de otro modo, pero no recuerdo cómo. Fue hace mucho.

—Pero ¿lo recuerdas?

—Sí, lo recuerdo.

—Entonces llámalo Profesor Miseria. —Y se alejó, botando su pelota—. Profesor Miseria. —Su voz se convirtió en una mera luciérnaga de sonido—. Pro-fe-sor Mi-se-ria...

Costaba trabajo ver a Estelle recortada contra esa ventana llena de un sol tan hiriente como el crujir del cristal azotado por el viento. Además, Estelle la estaba sermoneando. Su voz nasal sonaba como si su garganta fuera un depósito de oxidadas navajas de afeitar.

—Me gustaría que te vieras —decía, ¿o acaso había dicho eso tiempo atrás?; era lo de menos—. No sé qué te ha pasado. A que no pesas ni cuarenta kilos. Se te ven todos los huesos y las venas. ¡Y el pelo! Pareces un perro de lanas.

Sylvia se pasó una mano por la frente.

—¿Qué hora es, Estelle?

—Las cuatro —dijo, interrumpiéndose el tiempo suficiente para mirar el reloj—. ¿Y dónde está tu reloj?

—Lo vendí —dijo Sylvia, demasiado cansada para mentir. No importaba. Había vendido tantas cosas, incluyendo su abrigo de castor y el bolso de noche con malla dorada.

Estelle negó con la cabeza.

—Me rindo, querida; así de claro, me rindo. Era el reloj que tu madre te regaló por tu graduación. Qué vergüenza —su boca hizo un chasquido de sirvienta antigua—, qué lástima y qué vergüenza. Jamás entenderé por qué nos dejaste. Eso es asunto tuyo, no hay duda; pero ¿cómo pudiste dejarnos por esta... esta...?

—Pocilga —completó Sylvia, usando la palabra deliberadamente. Era un cuarto amueblado de la zona este, a la altura de la Sesenta y tantos, entre la Tercera y la Segunda Avenida. Suficientemente amplio para un sofá-cama y un buró viejo y astillado con un espejo que semejaba un ojo con cataratas, tenía una ventana que daba a un inmenso solar (en las tardes se escuchaban voces agresivas y las correrías de niños desesperados); a lo lejos, como un punto de admiración en el horizonte de edificios, se alzaba la negra chimenea de una fábrica.

La chimenea aparecía con frecuencia en sus sueños y nunca dejaba de excitar a Miss Mozart:

—Fálica, fálica —murmuraba, apartando la vista de su taquigrafía.

El suelo del cuarto era un basurero de libros empezados y nunca concluidos, periódicos viejos, hasta mondaduras de naranja, huesos de frutas, ropa interior, una polvera desparramada.

Estelle se abrió paso entre la basura y se sentó en el sofá-cama.

—Tú no lo sabes, pero me preocupas muchísimo. Mira, tengo mi orgullo y todo eso, y si no te caigo bien, bueno, pues vale. Pero no tienes derecho a alejarte de este modo, a que no se sepa de ti en un mes. Así que hoy le dije a Butsy: Butsy, tengo el presentimiento de que a Sylvia le ha sucedido algo horrible. Ya te puedes imaginar cómo me sentí cuando llamé a tu oficina y me dijeron que hacía cuatro semanas que no trabajabas allí. ¿Qué pasó?, ¿te despidieron?

—Sí, me despidieron. —Sylvia se incorporó—. Por favor, Estelle, tengo que arreglarme; tengo una cita.

—Tranquila, no irás a ningún lado hasta que no me entere de lo que pasa. La portera me dijo que te habías vuelto sonámbula...

—¿Has hablado con ella? ¿Qué pretendes?, ¿por qué me espías?

Los ojos de Estelle se arrugaron, como si fueran a llorar. Puso su mano sobre la de Sylvia y la palmeó suavemente.

—Dime, querida, ¿es por un hombre?

—Sí, es por un hombre —dijo Sylvia, con un asomo de risa en la voz.

—Debiste haber hablado conmigo antes. —Estelle suspiró—. Conozco a los hombres. No tienes por qué avergonzarte de eso. Un hombre puede tratar a una mujer de tal forma que ella se olvide de todo lo demás. Si Henry no fuera el abogado prometedor que es, lo querría de todas formas, y haría cosas que antes de conocer a un hombre me hubieran parecido horrendas y repugnantes. Pero te has enredado con un tío que se está aprovechando de ti.

—No es esa clase de relación —dijo Sylvia, poniéndose de pie y localizando un par de medias entre el furor de los cajones del buró—. No tiene nada que ver con el amor. Olvídalo. Es más, vuelve a casa y olvídate completamente de mí.

Estelle la miró con detenimiento:

—Me asustas, Sylvia; en serio que me asustas.

Sylvia sonrió; continuó vistiéndose.

—¿Recuerdas que hace mucho te dije que te casaras?

—¡Uf! Ahora escúchame tú. —Sylvia se volvió; tenía una hilera de horquillas en la boca; las retiraba una a una mientras hablaba—. Hablas de matrimonio como si fuera la respuesta absoluta; pues bien, hasta cierto punto estoy de acuerdo. Claro que quiero que me amen, ¿y quién no? Pero incluso si estuviera deseando comprometerme, ¿dónde está el hombre con el que me he de casar? Debe haberse caído por una alcantarilla. En serio, no hay hombres en Nueva York, y si los hay, ¿dónde los encuentras? Los que me parecían mínimamente atractivos o eran casados o maricas o demasiado pobres para casarse. Además, éste no es un lugar para enamorarse; es un lugar para curarse del amor. Claro, supongo que podría casarme con alguien, pero yo no quiero eso, ¿o sí?

—Entonces ¿qué quieres? —Estelle se alzó de hombros.

—Más de lo que recibo. —Colocó la última horquilla en su sitio y se alisó las cejas frente al espejo—. Tengo una cita, Estelle, es hora de que te vayas.

—No puedo dejarte así —dijo Estelle, y su mano se agitó inerme—. Sylvia, eres mi amiga de la infancia.

—Justamente ése es el asunto: ya no somos niñas; al menos yo no. Vete a casa y no vuelvas por aquí. Lo único que quiero es que te olvides de mí.

Estelle se llevó el pañuelo a los ojos; cuando llegó a la puerta lloraba con bastante fuerza. Sylvia no se podía permitir remordimientos; después de ser dura, sólo podía ser más dura.

—Adelante —dijo, siguiendo a Estelle al vestíbulo—, ¡y escribe a casa todas las tonterías que se te ocurran de mí!

Estelle lanzó un aullido que hizo que los otros inquilinos salieran a sus puertas y se fue escaleras abajo.

Sylvia regresó a su cuarto y chupó un terrón de azúcar para quitarse el agrio sabor de boca; era el remedio de su abuela para el mal humor. Luego se arrodilló y sacó la caja de puros que escondía bajo la cama. Al abrirla se escuchó una versión casera y algo descompuesta de *Cómo odio levantarme por las mañanas*. La caja de música la había construido su hermano, que se la regaló cuando cumplió catorce años. Al comer azúcar había pensado en su abuela, y al escuchar la melodía, en su hermano; las habitaciones de la casa en que vivieron giraron frente a ella, en penumbra; Sylvia se movía de una a otra como una luz: escaleras arriba, abajo, afuera, de un lado a otro, un aire fragante, primaveral, sombras violáceas y el chirrido de un columpio en el porche. Todos han desaparecido, pensó, evocando sus nombres, ahora estoy totalmente sola. La música terminó. Pero continuó en su cabeza; podía oírla imponiéndose a los gritos de los niños del solar vacío, interrumpiendo su lectura. Leía un diario que guardaba en la caja, un cuaderno donde apuntaba lo más importante de sus sueños; ahora disponía de una infinidad y era muy difícil recordarlos. Hoy le contaría a Mr. Revercomb el de los tres niños ciegos. Eso le gustaría. Los precios que pagaba eran variables y estaba segura de que éste era por lo menos un sueño de diez dólares. El himno de la caja de puros la acompañó escaleras abajo, la siguió por las calles hasta hacerla desear que acabara de una vez.

En la tienda donde había estado el Santa Claus vio una exhibición igualmente enervante. Incluso cuando llegaba tarde a casa de Mr. Revercomb, como ahora, se sentía obligada a detenerse ante el escaparate. Una niña de yeso, con intensos ojos de vidrio, pedaleaba en una bicicleta a una velocidad de locura; aunque los radios de las ruedas giraban hipnóticamente, la bicicleta, por supuesto, jamás se movía: todo ese esfuerzo y la pobre chica sin ir a ningún lado. Era una situación lastimosamente humana; Sylvia se podía identificar con ella de un modo tan cabal que sintió una auténtica punzada. La caja de música giraba en su cabeza: ¡la melodía, su hermano, la casa, un baile de cuando hacía bachillerato, la casa, la melodía! ¿La oiría Mr. Revercomb? Su mirada penetrante revelaba una apagada sospecha. Sin embargo, pareció satisfecho con el sueño. Cuando salió, Miss Mozart le dio un sobre con diez dólares.

—Tuve un sueño de diez dólares —le contó a Oreilly.

—¡Estupendo! —Oreilly se frotó las manos—. Ojalá hubieras llegado antes, porque he hecho algo terrible. Entré en una tienda de bebidas, robé una botella de un cuarto de litro y salí corriendo.

Sylvia no le creyó hasta que del abrigo abrochado con unos alfileres se sacó una botella de bourbon ya medio vacía.

—Un día te vas a meter en problemas —dijo ella—, ¿y entonces qué será de mí? No sé qué haría sin ti.

Oreilly rió y sirvió whisky en un vaso de agua. Estaban sentados en un café que abría toda la noche, un rutilante depósito de comida, animado por espejos azules y murales burdos. Aunque a Sylvia le parecía un sitio sórdido, cenaban ahí a menudo; de cualquier forma, aun en caso de tener dinero, ¿adónde más podían ir? Juntos causaban una impresión curiosa: una chica y un borracho decrépito. Hasta en un sitio así la gente se les quedaba mirando. Si lo hacían demasiado rato, Oreilly se erguía muy digno y decía:

—Hola, *labios ardientes*, me acuerdo muy bien de ti, ¿todavía trabajas en el aseo de caballeros?

Pero generalmente no les molestaban, y a veces se quedaban charlando hasta las dos o las tres de la mañana.

—Menos mal que los otros no saben que el Profesor te dio diez dólares. Alguno diría que le habías robado el sueño. Eso me sucedió una vez. Nadie se salva de las dentelladas, nunca he visto tantos tiburones, son peores que los actores, los payasos o los hombres de negocios. Es algo demencial, si te paras a pensarlo: la obsesión de si dormirás o no, si tendrás un sueño, si lo recordarás. Una y otra vez. Consigues un par de dólares y te lanzas a la primera licorería o a la primera máquina de pastillas para dormir, y antes de darte cuenta, ya estás total y absolutamente pirado. ¿Por qué? ¿Sabes a qué se parece? Es como la vida misma.

—No, Oreilly, en eso sí que te equivocas. No tiene nada que ver con la vida. Tiene más que ver con estar muerta. Siento como si me despojaran de todo, como si un ladrón me robara hasta dejarme en los huesos. Oreilly, no tengo ninguna ambición, y solía tener muchas. No lo entiendo, no sé qué hacer.

Él sonrió:

—¿Y dices que no es como la vida? ¿Quién entiende la vida? ¿Quién sabe lo que hay que hacer?

—No te burles; deja estar el whisky y tómate la sopa antes de que se congele. —Encendió un cigarrillo; el humo le irritó los ojos, aguzando su ceño fruncido—. Ojalá supiera para qué quiere todos esos sueños, todos mecanografiados y archivados. ¿Qué hace con ellos? Tienes razón cuando dices que el Profesor Miseria... no se trata tan sólo de un curandero imbécil; no es posible que todo carezca de sentido, pero ¿para qué quiere sueños? Ayúdame, Oreilly, piensa, piensa: ¿qué significa?

Oreilly se sirvió otro trago, cerrando un ojo; su

torcida boca de payaso adquirió una corrección académica:

—Esta pregunta vale un millón de dólares, niña. ¿Por qué no preguntas algo sencillo, como un remedio para el catarro común y corriente? Sí, ¿qué significa? He pensado bastante en ello. Lo he pensado mientras le hacía el amor a una mujer y lo he pensado a mitad de una partida de póquer. —Apuró el trago y se estremeció—. Mira, un sonido puede iniciar un sueño; el ruido de un coche que pasa por la calle puede hacer que cientos de personas dormidas caigan en lo más profundo de sí mismas. Es curioso pensar en ese coche avanzando en la oscuridad, desatando tantos sueños. El sexo, un repentino cambio de luz, un problema, estas pequeñas llaves pueden abrir nuestro interior. Pero casi todos los sueños empiezan porque una furia interior derrumba las puertas. No creo en Jesucristo pero sí en el alma; así es como me lo imagino yo: los sueños son la mente del alma, nuestra verdad escondida. Tal vez el Profesor no tenga alma y tome trocitos de la tuya. Te los roba como te robaría las muñecas o el ala de pollo de tu plato. Cientos de almas han pasado por él y han ido a parar a un archivo.

—Oreilly, no te burles —volvió a decir, molesta porque creyó que él bromeaba—, mira, tu sopa está...

Se detuvo de golpe, sobresaltada por la expresión de Oreilly, quien miraba hacia la entrada. Había tres hombres, dos policías y un civil vestido de tendero. El civil señalaba la mesa de ellos. Los ojos de Oreilly registraron el local con desesperación acorralada. Luego asintió, se acomodó en su sitio, se sirvió otro trago con gesto ostentoso.

—Buenas noches, caballeros —dijo cuando los oficiales se le pusieron delante—, ¿les apetece un trago?

—¡No pueden arrestarlo! —gritó Sylvia—. ¡No pueden arrestar a un payaso! —Les arrojó su billete de diez dólares, pero no le hicieron caso, y ella empezó a golpear la mesa. Todos los clientes los miraban. El encargado llegó corriendo, retorciéndose las manos.

El policía le pidió a Oreilly que se pusiera de pie.

—Desde luego —dijo Oreilly—, aunque no veo por qué se preocupan de unos delitos tan ínfimos como los míos habiendo maestros del robo tan a mano. Por ejemplo, esta hermosa criatura... —se colocó entre los oficiales y señaló a Sylvia— acaba de ser víctima de un robo mayúsculo: pobrecilla, le han robado el alma.

Sylvia no salió de su cuarto en los dos días que siguieron al arresto de Oreilly: sol en la ventana; luego, oscuridad. Para el tercer día ya se había quedado sin cigarrillos, así que se aventuró hasta la tienda de la esquina. Compró una caja de pastelitos, una lata de sardinas, un periódico y cigarrillos, y eso le causó una aguda sensación de delicia y contento, pues no había comido nada en todo ese tiempo. Pero el subir las escaleras y el alivio de cerrar la puerta la dejaron tan exhausta que ni siquiera pudo hacer la cama. Se sentó en el suelo y no se movió hasta que volvió a ser de día. Le pareció que había estado ahí unos veinte minutos. Puso la radio a todo volumen, arrastró una silla hasta la ventana y abrió el periódico en su regazo: *Lana lo niega, Repulsa de la URSS, Los mineros llegan a un acuerdo*; de todas las cosas, ésta era la más triste: la vida continuaba. Cuando uno deja a un amante, la vida debería detenerse; cuando uno se aleja del mundo, el mundo debería acabarse, pero eso nunca sucede. La mayoría de la gente se levanta por la mañana, no porque importe que lo haga, sino porque no importaría que no lo hiciera. Sin embargo, si Mr. Revercomb finalmente lograba reunir los sueños de todas las cabezas, tal vez... La idea se le escapó, se entremezcló con la radio y el periódico. *Bajan las temperaturas.* Una tormenta de nieve recorre Colorado hacia el oeste, cae sobre todas las poblaciones, amarillea todas las luces, cubre cada pisada, está cayendo ahora mismo. Con qué rapidez se había desatado la tormenta: los techos, el solar vacío, el horizonte, tenían una blancura progresivamente espesa, aborregada. Miró el periódico y miró la nieve; debía haber nevado todo el día. Imposible que hubiera empezado hacía un momento. No se oían coches circulando; había niños alrededor de una hoguera entre los revueltos desperdicios del solar vacío; un coche, enterrado hasta el parachoques, encendía y apagaba sus luces: ¡auxilio!, ¡auxilio!, silencioso como el corazón de la angustia. Desmenuzó un pastelito y colocó las migajas en el alero de la ventana; los pájaros del norte vendrían a hacerle compañía. Les dejó la ventana abierta; la nevisca dispersó copos de nieve que se disolvieron en el suelo como joyas del día de los inocentes. *Presenta: La vida puede ser hermosa.* ¡Baje la radio! La bruja del bosque golpeaba su puerta. Sí, Mrs. Halloran, dijo, y apagó la radio. Silencio de nieve, silencio de sueño, sólo el remoto canturrear de los niños divertidos con el fuego. El cuarto estaba azul de frío, más frío que el frío de los cuentos de hadas: amor mío, acuéstate entre las escarchadas flores de la nieve. Mr. Revercomb, ¿por qué espera en el umbral? Vamos, pase, hace tanto frío afuera.

Pero el momento de despertar fue tibio; alguien la sujetaba. La ventana estaba cerrada y los brazos de un hombre la estrechaban. Le cantaba, con voz afectuosa y despreocupada: *el pastel de zarzamora es rico, el pastel de mora es rico, pero no tan rico como el de amor...*

—Oreilly, ¿eres tú?, ¿eres tú de verdad?

Él la estrechó con fuerza.

—La nena está despierta. ¿Cómo se encuentra?

—Pensaba que estaba muerta —dijo, y la felicidad le aleteó por dentro como un pájaro herido pero todavía capaz de volar. Trató de abrazarlo pero estaba demasiado débil.

—Te quiero, Oreilly, eres mi único amigo, estaba tan asustada. Pensé que no te volvería a ver. —Hizo una pausa, recordando—. ¿Pero cómo es que no estás en la cárcel?

El rostro de Oreilly se encendió, contento:

—Nunca he estado en la cárcel —dijo misteriosamente—, pero antes que nada vamos a comer. Esta mañana he subido algunas cosas de la tienda.

De repente sintió que flotaba:

—¿Desde cuándo estás aquí?

—Desde ayer —dijo él, atareado con paquetes y platos de plástico—. Tú misma me abriste.

—Es imposible. No recuerdo nada.

—Lo sé —dijo él, sin insistir en el tema—. Toma, bébete la leche como una niña buena que te voy a contar una historia verdaderamente malísima. Huy, es tremenda —anunció, golpeándose los costados, de buen humor; más que nunca, parecía un payaso—. Como te iba diciendo, no he estado en la cárcel; me salvé por los pelos porque cuando aquellos granujas me llevaban a empellones encontré nada menos que a la mujer gorila: ¡acertó!, Miss Mozart. «¿Qué tal? —le digo—, ¿también viene a que la afeite el barbero?» «Ya era hora de que lo arrestaran —me dice, y le sonríe a uno de los policías—. Haga su trabajo, oficial.» «Ah, le digo, si no me han arrestado, voy a la comisaría para denunciarla, comunista de mierda.» Ya te puedes imaginar la que armó entonces: se lanzó contra mí y los policías trataron de detenerla. No creas que no les advertí: cuidado, chicos, que es una mujer de pelo en pecho. Miss Mozart debió de confirmarlo, así que yo me alejé por la calle como si tal cosa. Nunca me ha gustado pararme a mirar las peleas callejeras, como hace la gente de esta ciudad.

Oreilly se quedó con ella el fin de semana. Fue la fiesta más hermosa que Sylvia pudiera recordar; para empezar, nunca se había reído tanto, y además nadie, desde luego nadie de su familia, la había hecho sentirse tan querida. Oreilly cocinaba bien y preparó deliciosos platillos en la pequeña cocina eléctrica. En una ocasión recogió la nieve del alero de la ventana para hacer un sorbete con jarabe de fresa. El domingo, Sylvia se sintió con fuerzas suficientes como para bailar. Encendieron la radio y bailó hasta caer de rodillas, sonriente, sin aliento.

—Nunca más volveré a asustarme —dijo—. Ni siquiera sé de qué tenía miedo.

—De las mismas cosas que te asustarán la próxima vez —dijo Oreilly, con calma—. Ésa es una cualidad del Profesor Miseria: nadie sabe nunca qué es, ni siquiera los niños, que lo saben casi todo.

Sylvia se acercó a la ventana; una blancura ártica cubría la ciudad, pero había dejado de nevar, el cielo nocturno tenía una claridad de hielo. Vio la primera estrella de la noche que emergía del río.

—La primera estrella —dijo, cruzando los dedos.

—¿Qué deseo pides cuando ves la primera estrella?

—Pido ver otra estrella —dijo—, casi siempre pido eso.

—¿Y esta noche?

Se sentó en el suelo, apoyó su cabeza en las rodillas de Oreilly.

—Esta noche quisiera recuperar mis sueños.

—Todos deseamos eso, ¿no? —dijo Oreilly, acariciándole el pelo—. ¿Y qué harías entonces? Quiero decir, ¿qué harías si los recuperaras?

Por un momento Sylvia guardó silencio; cuando habló tenía una mirada grave, distante.

—Regresaría a casa —dijo, muy despacio—. Es una decisión terrible, pues significaría renunciar a todos mis otros sueños, pero si Revercomb me los devolviera, me iría a casa mañana mismo.

Oreilly fue al armario y sin decir palabra le dio su abrigo.

—¿Para qué? —preguntó ella, mientras él la ayudaba a ponérselo.

—Hazme caso, por favor; vamos a visitar a Revercomb, le pedirás que te devuelva tus sueños. No perdemos nada.

Sylvia se detuvo en la puerta:

—Por favor, Oreilly, no me obligues a ir. No puedo, tengo miedo.

—Creí que habías dicho que ya no volverías a tener miedo.

Una vez en la calle, Oreilly la apresuró entre la ventisca, tanto que no tuvo tiempo de asustarse. Era domingo, las tiendas estaban cerradas y los semáforos parecían encenderse y apagarse sólo para ellos; ningún coche recorría la avenida cubierta de nieve. Sylvia incluso olvidó adónde iban y recordó pequeños incidentes: en esa esquina había visto a Greta Garbo y ahí enfrente habían atropellado a una anciana. Sin embargo, finalmente se detuvo, sin aliento, abrumada por una repentina lucidez.

—No puedo, Oreilly —dijo tirando de él—, ¿qué voy a decirle?

—Propónle un trato —dijo Oreilly—; dile con franqueza que quieres tus sueños, que si te los da le devolverás todo su dinero: a plazos, naturalmente. Así de sencillo. ¿Por qué mierda no te los va a devolver? Están todos en el archivo.

De algún modo este discurso le pareció convincente; avanzó con cierto valor, sus pies helados pisaban fuerte.

—Ésa es mi chica —dijo Oreilly.

Se separaron en la Tercera Avenida. Oreilly sabía que de momento ese barrio no era muy seguro para él. Se refugió en un portal, de vez en cuando encendía una cerilla y canturreaba: *pero es más rico el pastel de whisky y moras*. Un perro delgado y largo como un lobo trotó por los respiraderos en forma de luna, bajo el tren elevado, y al otro lado de la calle se veían las siluetas brumosas de los hombres reunidos en un bar. Le aturdió la simple posibilidad de entrar a conseguir un trago de gorra. Sylvia apareció cuando se había decidido a intentar algo por el estilo. Antes de que pudiera distinguir si realmente se trataba de ella, ya estaba en sus brazos.

—No hay para tanto, amor mío —dijo, suavemente, abrazándola lo mejor que pudo—. No llores; hace demasiado frío para llorar, se te va a arrugar la cara.

Ella trató de hablar, poco a poco su llanto se volvió una risa trémula, artificial. El aire recibió el vaho de su risa.

—¿Sabes lo que me ha dicho? —masculló—. ¿Sabes lo que ha dicho cuando le he pedido mis sueños? —Echó la cabeza atrás; su risa subió y se remontó sobre la calle como una cometa perdida, pintada de colores estridentes. Oreilly tuvo que sacudirla—. Dijo que no me los podía devolver porque él ya los había usado.

Se quedó callada, su rostro se suavizó, cobrando una tranquila inexpresividad. Tomó a Oreilly del brazo. Caminaron juntos, pero eran como amigos que recorrían un andén, cada cual esperando el tren en que partiría el otro. Al llegar a la esquina, él carraspeó y dijo:

—Supongo que es buen sitio para que me vaya, tan bueno como cualquier otro.

Sylvia lo tomó de la manga:

—Pero ¿adónde vas a ir, Oreilly?

—Viajaré por el azul. —Ensayó una sonrisa poco convincente.

Ella abrió su bolso:

—Uno no puede viajar por el azul sin una botella. —Lo besó en la mejilla y deslizó cinco dólares en su bolsillo.

—Dios te bendiga, niña.

Era todo el dinero que le quedaba, pero no le importó tener que caminar sola a casa. Los montones de nieve parecían olas de un mar blanco: avanzaba sobre las olas, impulsada por vientos y mareas lunares. No sé lo que quiero, y tal vez nunca lo sepa, mi único deseo ante cada estrella será ver otra estrella. No estoy asustada, pensó, de verdad que no. Dos muchachos salieron de un bar y se la quedaron mirando. En un parque, hacía mucho tiempo, había visto a dos muchachos que tal vez fueran los mismos. No estoy asustada, de verdad que no, pensó, escuchando las pisadas que la seguían con un crujir de nieve; de cualquier forma, ya no quedaba nada que robar.

## Patricia Highsmith

# La romántica

Al morir la madre de Isabel Crane, después de una enfermedad que la tuvo yendo de hospital en hospital durante cinco años, y que finalmente la había recluido en casa, Isabel había creído que su vida cambiaría espectacularmente. Isabel tenía veintitrés años y desde los dieciocho, cuando muchos jóvenes iniciaban cuatro años felices en la universidad, Isabel había permanecido en casa —con un empleo, desde luego— para ganarse la vida. Los amigos y las fiestas habían sido mínimos y sólo había estado enamorada una vez, creía, o quizá una vez y media, si contaba lo que ahora le parecía un capricho pasajero, a los veinte años, por un hombre casado. Él se había mostrado muy dispuesto a iniciar una aventura, pero Isabel no había querido, pensando que no conduciría a nada. El primer joven no la había querido lo suficiente, pero él había durado más tiempo en el afecto de Isabel, más de un año.

Sin embargo, a las seis semanas del entierro de su madre, Isabel comprobó que su vida no había cambiado mucho, después de todo. Había imaginado fiestas, animación en el piso, gente joven. Bueno, aún había tiempo, por supuesto. Había perdido el contacto con muchas de sus compañeras del instituto, que se habían casado o mudado a otra parte, y ahora no sabía dónde localizar a la mayoría de ellas. Pero el mundo estaba lleno de gente.

Ni siquiera el piso de la calle Cincuenta y cinco Oeste había cambiado mucho, aunque Isabel recordaba que, cuando su madre aún vivía, se había imaginado que cambiaría las sosas cortinas de color «dubonnet» y crema, que ya estaban muy viejas, y que se libraría de los «banquillos», como los llamaba su madre, porque ocupaban espacio y parecían de 1940 o más antiguos. Se trataba de unos asientos de madera, sin brazos y sin respaldo, en los que nadie se sentaba jamás, debido a su aspecto frágil; parecían mesitas más que asientos. Luego estaban los libros viejos, que ni siquiera eran clásicos y ocupaban más de la mitad de las dos librerías (el resto eran libros mejores o, cuando menos, más nuevos). Isabel se imaginaba que tiraría los libros viejos a la basura y entonces quedaría espacio para algún objeto decorativo o alguna estatuilla o algo, como había visto en las revistas de decoración. Pero después de semanas y semanas, pocas cosas se habían hecho realidad, ciertamente no lo de las cortinas, e Isabel comprobó que no podía librarse ni tan sólo de uno de los banquillos, porque no conocía nadie que lo quisiese. Los vestidos y los bolsos de su madre los había donado al Ejército de Salvación.

Isabel trabajaba de secretaria y mecanógrafa en Weiler y Diggs, una agencia que alquilaba oficinas en las zonas de Manhattan y Queens. Había aprendido mecanografía y estenografía durante su último año en el instituto. Había cuatro secretarias más, pero sólo Isabel y otras dos, Priscilla (Prissy) y Valerie, se turnaban como recepcionistas en el mostrador de entrada durante una semana, porque ellas eran más jóvenes y más atractivas que las otras dos secretarias. Era Prissy, que no tenía pelos en la lengua, quien lo había dicho un día, e Isabel pensaba que era verdad.

Prissy Kupperman iba a casarse al cabo de pocos meses y había conocido a su prometido un día cuando estaba sentada en recepción y él había entrado en las oficinas. Recepción era un lugar estupendo para conocer gente, hombres que subían, según decían todas las chicas. El ochenta por ciento de la clientela de Weiler y Diggs eran hombres. Una chica podía hacerse simpática, acompañar al hombre hasta el despacho que fuera y, al verle salir, preguntarle si la visita había sido provechosa y decirle «Me llamo Prissy (o lo que fuese) y si necesita mandar algún recado o algún servicio especial, me ocuparé personalmente de ello». Prissy había hecho algo parecido el día en que su Jeff entrara en las oficinas.

Valerie, sólo veinte años y más ligera que Prissy, había tenido varias citas con hombres a los que había conocido en el trabajo, pero no estaba preparada para el matrimonio, decía, y, además, tenía un novio fijo al que prefería. Isabel había probado la misma táctica, acompañando a jóvenes a la oficina que buscaban, pero de momento no había logrado concertar ninguna cita. A Isabel le hubiese gustado mucho un «segundo encuentro», como decía ella, con algunos de aquellos jóvenes que hubieran podido telefonear luego y decir que querían hablar con ella. Se imaginaba que la invitaban a cenar, posiblemente en un lugar donde también se bailaba. A Isabel le encantaba bailar.

—Deberías ser un poco más alegre —le dijo un día Valerie en el lavabo—. A veces se te ve demasiado seria. Asustas a los hombres, ¿sabes?

Prissy estaba presente, pintándose los labios ante el espejo, y todas se habían reído un poco, incluyendo Isabel. Isabel se tomó en serio el comentario, del mismo modo que se había tomado otros. Procuraría parecer más alegre, como Valerie. Una vez las chicas habían hecho un comentario sobre una blusa de Isabel. Había sido poco después de la muerte de su madre. La blusa era de color lavanda y blanca y tenía volantes fruncidos alrededor del cuello y en la pechera, igual que unas chorreras. Las chicas la habían calificado de «demasiado antigua» para ella y tal vez tenían razón, aunque a Isabel le parecía alegre. El caso es que nunca había vuelto a ponérsela. Isabel sabía que las chicas tenían buenas intenciones porque se hacían cargo de que se había pasado los cinco años anteriores de un modo triste, cuidando a su madre prácticamente sin ayuda de nadie. El padre de Isabel había muerto de un ataque al corazón cuando ella contaba diecinueve años y, por suerte, había dejado un seguro de vida, pero el seguro no había bastado para que Isabel y su madre contratasen una enfermera particular que viniera a casa de vez en cuando, aunque fuese a horas.

Isabel echaba de menos a su padre. Era sastre y planchador en una tintorería de lavado en seco y, al empezar la enfermedad de su madre, había comenzado a hacer horas extras, a sabiendas de que el cáncer iba a ser largo y costoso. Isabel estaba segura de que esto era la causa del ataque al corazón. Su padre, un hombre bajito, de pelo castaño y canoso y una modestia que encantaba a Isabel, solía llegar a casa, muerto de fatiga, sobre las diez de la noche, pero siempre con ánimo suficiente para sonreír y preguntarle a Isabel «¿Cómo está mi chica favorita esta noche?». A veces apoyaba las manos ligeramente en los hombros de Isabel y le besaba la mejilla; otras no, como si estuviera demasiado cansado incluso para aquello, o como si pensara que tal vez a Isabel no iba a gustarle que lo hiciese.

En cuanto a vida social, Isabel se daba cuenta de que no había progresado mucho desde los diecisiete o dieciocho años, y de vez en cuando salía con chicos a los que había conocido a través de sus amigas del instituto, que era exclusivamente para chicas. Isabel no se consideraba una chica estupenda, quizá no lo era, pero tampoco era mal parecida. Medía poco menos de uno sesenta y su pelo era castaño claro, con tendencia a ondularse, lo que hacía fácil llevarlo bien peinado si se lo dejaba corto. Su cutis era claro, al igual que sus ojos castaños (aunque a ella le habría gustado que éstos fuesen más grandes), tenía buena dentadura y una nariz de tamaño mediano levemente respingona. Huelga decir que ya no recordaba cuándo había empezado a inspeccionarse en busca de los defectos de costumbre, tales como, por ejemplo, el olor corporal o el mal aliento, o demasiado vello en las piernas. Esas cosas pequeñas eran muy importantes.

Poco después de que Prissy hiciera el comentario de que parecía demasiado seria, Isabel fue a una fiesta en Brooklyn que daba una de sus viejas amigas del instituto. Esta amiga iba a casarse e Isabel procuró deliberadamente mostrarse alegre y locuaz. Había en la fiesta un joven muy atractivo que se llamaba Charles Gramm o tal vez Graham, alto y rubio de sonrisa amistosa y modales un tanto tímidos. Isabel pasó varios minutos charlando con él y le hubiera emocionado que él le preguntase si podía volver a verla, pero no lo había hecho. Más adelante Isabel se reprochó a sí misma por no haberle invitado a tomar algo o a almorzar un domingo en su piso.

Así lo hizo al cabo de una o dos semanas, e invitó a Harriet, su amiga de Brooklyn, y a su prometido; le había pedido a Harriet que invitase a Charles, pues seguramente Harriet sabía dónde localizarle. Charles prometió que iría a la fiesta, según dijo Harriet, y luego no fue o no pudo ir. El almuerzo salió bien por lo que respecta a las chicas de la oficina (todas excepto una que no pudo ir), pero Isabel no tuvo una pareja masculina ni el almuerzo se la proporcionó.

Isabel leía mucho. Le gustaban las novelas románticas con final feliz. Le gustaban aquellas novelas desde que tenía catorce años más o menos, y desde la muerte de su madre, al disponer de más tiempo, leía tres o cuatro cada semana, la mayoría de ellas sacadas de la biblioteca pública y algunas, en rústica, compradas por ella misma. Prefería leer novelas románticas a ver la televisión por la noche. Las novelas completas, con sus descripciones de paisajes y detalles sobre casas, la transportaban a otro mundo. Se daba cuenta de que las novelas eran una especie de droga y por la noche se sentía arrastrada hacia el sofá de la sala de estar, donde yacían sus tesores más recientes, pero, para ser una droga, los libros eran inofensivos, opinaba Isabel. Desde luego no eran marihuana ni cocaína. Prissy decía que a veces tomaban aquellas drogas en las fiestas. A Isabel le encantaba el primer encuentro de una chica y un hombre en aquellas novelas, la atracción magnética que sentían el uno por el otro, los obstáculos que era necesario vencer antes de que pudieran unirse. Aquellos obstáculos terribles la ponían tensa en cuerpo y alma y, pese a ello, al final todo salía bien.

Cierto día de abril un joven alto y guapo, de pelo negro, entró en el vestíbulo de Weiler y Diggs, aunque aquel día Isabel no estaba en recepción. La que estaba era Valerie. En aquel preciso instante Isabel cruzaba el vestíbulo cargada con un montón de fotocopias que pesaban más de cuatro kilos y que debía llevar al despacho del señor Diggs. Isabel vio que Valeire movía sus pestañas maquilladas y sonreía ampliamente al mirar al joven recién llegado al mismo tiempo que decía:

—Buenos días, señor. ¿Qué desea?

Y sucedió que el joven entró en el despacho del señor Diggs al cabo de unos momentos, mientras Isabel estaba guardando las fotocopias. Entonces el señor Diggs dijo:

—... en otro despacho. Isabel, ¿puede buscarme la carpeta seis seis A, por favor? ¿No está en «Asuntos Pendientes»?

—Sí, señor. Está aquí. Es una de éstas. —Isabel sacó la carpeta del fondo del montón que ella acababa de entrar.

—Muy bien, gracias —dijo el señor Diggs.

Isabel echó a andar hacia la puerta y durante un momento sus ojos se cruzaron con los del joven y sintió un estremecimiento en todo el cuerpo. Se preguntó si esto significaría algo importante. Abrió la puerta con cuidado y luego la cerró tras de sí.

No habían pasado cinco minutos cuando el señor Diggs volvió a llamarla. Quería más fotocopias de dos de las páginas que había en la carpeta. Isabel las hizo y se las trajo. Esta vez el joven no la miró, pero Isabel era consciente de sus anchos hombros debajo de su pulcra chaqueta azul oscuro.

Aquel día Isabel permaneció aturdida mientras almorzaba en una cafetería. Estaban con ella Valerie y Linda (una de las secretarias que no eran tan bonitas).

—¿Quién era ese Tarzán que vino esta mañana? —preguntó Linda con una sonrisa maliciosa, como si en realidad no le importase. La pregunta se la había hecho a Valerie.

—¡Sí es un Tarzán! Debería hacer películas en lugar de dedicarse a... a lo que sea. —Valerie soltó una risita—. Se llama Dudley Hall. *Dudley*. Imagínate.

Dudley. De pronto aquel hombre alto y moreno tuvo una identidad para Isabel. Su nombre parecía el de uno de los personajes de las novelas que leía. Isabel no dijo ni una palabra.

Sobre las cuatro de la tarde Dudley Hall volvió a presentarse en las oficinas. Isabel no le vio entrar, pero cuando el señor Diggs la llamó a su despacho, allí estaba él. El señor Diggs le hizo preparar más detalles sobre la oficina de Lexington Avenue que interesaba al señor Hall. La tarea le ocupó casi una hora.

El señor Hall fue con ella a otro despacho (que utilizaban las secretarias y que en aquel momento estaba desocupado) e Isabel tuvo que hacer cuatro llamadas telefónicas por cuenta del señor Hall. Las hizo con cortesía y paciencia, anotando con letra pulcra la información sobre el estado de las paredes y los suelos, sobre la hora a la que podían verse los locales y sobre quién tenía las llaves.

Al guardarse las notas, el señor Hall dijo:

—Ha sido usted muy amable, señorita...

—Isabel —dijo ella con una sonrisa—. No tiene importancia. Es mi trabajo. Me llamo Isabel Crane. Si necesita más información... algún servicio rápido, bastará con que pregunte por Isabel.

Él le devolvió la sonrisa.

—Lo haré. ¿Puedo llamar a mi socio ahora?

—¡Desde luego! Adelante —dijo Isabel, indicando el teléfono situado sobre el escritorio—. Puede marcar el número directamente.

Isabel permaneció en el despacho, ordenando los papeles del escritorio, esperando que el señor Hall le hiciera alguna pregunta o le pidiera que tomase nota de algo. Pero él se limitó a concertar una cita con su socio, al que llamaba Al, para dentro de media hora en la dirección de Lexington. Luego el señor Hall se marchó.

Isabel se preguntó si se habría fijado en ella. ¿O sería ella una cara más entre la docena y pico de secretarias que él habría visto últimamente? Isabel casi podía creer que estaba enamorada de él, pero estar enamorada era peligroso además de ser agradable: quizá nunca más volvería a ver a Dudley Hall.

A mediados de la semana siguiente, el panorama

había cambiado. Ciertos asuntos jurídicos obligaron al señor Hall a presentarse varias veces en las oficinas de Weiler y Diggs. En cada ocasión Isabel estuvo presente, toda vez que ya estaba familiarizada con el asunto. Escribió varias cartas a máquina y proporcionó a Dudley Hall y a Albert Frenay unos memorandos claros y concisos.

—Me parece que le debo a usted una copa... o una cena —dijo Dudley Hall con su agradable sonrisa—. Hoy no puede ser, pero, ¿qué le parece mañana? Aquí mismo está The Brewery. Hacen unos bistecs muy buenos. Lo sé porque los he probado. ¿Le parece que pase a buscarla sobre las seis o a la hora que salga del trabajo? ¿O es demasiado temprano?

Isabel sugirió las seis y media, si a él le iba bien.

Se sentía en las nubes, verdaderamente en otro mundo, pero un mundo en el que ella era uno de los principales protagonistas. No les habló de la cita a Valerie y a Prissy, que durante la semana habían hecho comentarios sobre su «devoción» por Dudley Hall. Como la cita era a las seis y media, Isabel tendría tiempo de ir a casa y cambiarse antes de presentarse en The Brewery.

Se fue a casa y se entretuvo tanto con el maquillaje, que tuvo que coger un taxi para ir a The Brewery. Esperaba encontrar a Dudley Hall esperándola cerca de la puerta, en el interior, o quizá en el bar, pero no lo vio. ¿Estaría en una de las mesas? Le buscó con la mirada. No estaba. Después de arreglarse un poco el vestido, Isabel se dirigió al bar y encontró asiento sólo porque un hombre se levantó y le cedió el suyo, diciendo que no le importaba permanecer de pie. El hombre estaba hablando con un amigo sentado en el taburete de al lado. Isabel le dijo al barman que estaba esperando a alguien y que estaría allí sólo un minuto. Miraba de reojo la puerta cada vez que ésta se abría, cosa que ocurría cada quince segundos. A las siete menos veinte pidió un whisky con soda. Probablemente Dudley se habría quedado trabajando un rato más o le habría costado encontrar un taxi. Se disculparía por el retraso e Isabel le diría que no tenía por qué disculparse. Había arreglado el piso y dejado la cafetera limpia y preparada por si él aceptaba su invitación y subía a tomar el último café al final de la velada. También tenía coñac, aunque no era aficionada a él.

La música suave parecía salir de las paredes; eran viejas canciones de Cole Porter. Las voces y las risas que se oían a su alrededor la hacían sentirse animada y comenzaba a tener hambre debido al aroma de los bistecs recién asados. La decoración era a base de madera noble y metal bruñido; masculina pero romántica, pensó Isabel. Comprobó su aspecto en el espejo situado encima de las botellas apretadas unas contra otras. Llevaba su mejor «vestidito negro», con cuello en forma de «V», una cadenita de oro que había heredado de su madre, pendientes de jade. Se había lavado la cabeza a primera hora de la mañana y su aspecto no podía ser mejor. Dentro de un momento, pensó, mirando otra vez hacia la puerta, Dudley entraría apresuradamente, buscándola con los ojos, divisándola y sonriendo cuando ella levantara la mano.

Cuando volvió a mirar su reloj vio que pasaban un par de minutos de las siete y media. Sintió un estremecimiento doloroso y casi se echó a temblar. Hasta aquel momento había podido creer que Dudley sólo se retrasaba un poco, que de un momento a otro aparecería un camarero llamándola para decirle que el señor Hall llegaría enseguida, pero ahora Isabel se dio cuenta de que tal vez no llegaría. Había pedido un segundo whisky y se lo estaba bebiendo a sorbitos, para que le durase, y todavía le quedaba la mitad.

—¿Espera a alguien? ¿Puedo invitarla a una copa mientras? —preguntó un hombre de grandes espaldas que estaba a su izquierda, en el lado opuesto a la puerta. Isabel se había fijado en que el hombre la observaba desde hacía unos minutos.

—No, gracias —dijo Isabel con una sonrisa rápida y miró hacia otra parte. Conocía a los de su tipo, era sólo un lobo solitario que buscaba un ligue y tal vez un revolcón más tarde, fácil y sin importancia. Hola y adiós. No era lo suyo.

Alrededor de las ocho menos cinco Isabel pagó las copas y se marchó. Pensó que ya había esperado suficiente. Dudley Hall no quería verla o le había ocurrido algo. Isabel se imaginó que se habría roto una pierna al caer por las escaleras, o que le habían atracado y ahora yacía inconsciente en alguna calle. Sabía que estas posibilidades eran muy improbables.

Al día siguiente Dudley Hall telefoneó para disculparse. Dijo que había tenido una reunión con su socio y otros dos colegas desde las seis hasta las ocho y que le había sido imposible salir para telefonear; luego añadió que lo sentía muchísimo.

—Oh... no tiene importancia. Lo comprendo —dijo Isabel de buen talante. Había ensayado la respuesta por si él llamaba.

—Pensé que se habría marchado usted a las siete y media, de modo que no traté de llamar a The Brewery.

—Sí, a esa hora ya me había ido. No se preocupe.

—Bueno... otra vez será. Lamento lo de anoche, Isabel.

Colgaron e Isabel se quedó aturdida, sin saber cómo habían pasado los últimos segundos, por qué los dos habían colgado tan aprisa.

El domingo siguiente, por la mañana, Isabel pasó una o dos horas en el Metropolitan Museum, curioseando, luego dio un paseo sin prisas por Central Park. Era una soleada mañana de primavera. La gente paseaba con sus perros, y madres y niñeras —mujeres de uniforme, niñeras de familias ricas— empujaban sus cochecitos o charlaban sentadas en los bancos, con los cochecitos colocados de modo que el sol diera de pleno en los bebés. Los ojos de Isabel se desviaban con frecuencia de los árboles —que le gustaban mucho— a los bebés y a los niños pequeños que aprendían a andar, sostenidos de la mano por padres y madres.

Se le había ocurrido que Dudley Hall no volvería a llamarla. Ella podía llamarle fácilmente e invitarle a almorzar o sencillamente a tomar una copa en el piso. Pero temía pasar por una chica demasiado atrevida, demasiado empeñada en verle.

Dudley Hall no volvió a presentarse en la oficina e Isabel comprendió que no tenía motivo para hacerlo. Sin embargo, conocerle había sido emocionante, eso no podía negarlo. Aquellas pocas horas durante las cuales había creído que tenía una cita con él —bueno, *sí* la había tenido— habían sido más que felices. Isabel había permanecido en éxtasis, un éxtasis que no recordaba haber experimentado jamás. Había sentido lo mismo que cuando leía una buena novela romántica, pero la cita había sido real. Estaba segura de que Dudley había obrado en serio. Hubiese podido telefonearla, pero Isabel creía que le había sido realmente imposible.

En sus tardes solitarias, cuando hacía alguna tarea como, por ejemplo, lavar una blusa y colgarla en la bañera, Isabel revivía aquellos minutos que pasara en The Brewery, cuando estaba tan elegante y esperaba que Dudley cruzara la puerta de un momento a otro. Había sido un encantamiento. Magia negra. Si se concentraba, y a veces sin necesidad de hacerlo, sentía emoción al imaginarse su alta figura, sus ojos posándose en ella al cruzar la amplia puerta de The Brewery.

Eva Rosenau, una buena amiga de su madre, la llamó una noche e insistió en pasar a verla, pues acababa de preparar *sauerbraten* y quería darle un poco a Isabel. Isabel no pudo negarse, porque Eva vivía cerca y podía venir andando y, además, Eva la había ayudado tanto durante la enfermedad de su madre, que Isabel se sentía en deuda con ella.

Eva llegó cargada con una pesada cazuela de hierro.

—Sé que siempre te gusta el *sauerbraten*, Isabel. ¿Ya comes lo suficiente, hija mía? Estás un poco pálida.

—¿De veras?... No me siento pálida. —Isabel sonrió. El *sauerbraten* todavía estaba un poco caliente y despedía un aroma delicioso a salsa de jengibre y carne de buey bien cocinada—. Esto tiene un aspecto divino, Eva —dijo Isabel con sinceridad.

Metieron la carne y la salsa en otro recipiente para que Eva pudiera llevarse la cazuela a casa. Isabel la lavó en el fregadero. Después ofreció a Eva un vaso de vino, cosa que siempre era bien recibida.

Eva contaba unos sesenta años y tenía tres hijos ya mayores, ninguno de los cuales vivía con ella. Jamás había tenido un empleo, pero sabía hacer un montón de cosas: reparar cañerías averiadas, hacer calceta, arreglar aparatos eléctricos e incluso tenía cierta maña para hacer de enfermera y sabía poner inyecciones. También era maternal, al menos a Isabel siempre se lo había parecido. Tenía el pelo negro y rizado, ya medio canoso, era un poco robusta y vestía como si no le importase su aspecto con tal de ir tapada. Dijo a Isabel que tenía el piso muy limpio y arreglado.

—¡Seguro que te alegras de no ver más aquellas silletas! —dijo Eva, riéndose.

Isabel puso los ojos en blanco y trató de sonreír, sin ganas de pensar en las silletas. Hacía ya tiempo que había tirado las dos.

—¿Ya sales lo suficiente? —preguntó Eva, que se había sentado en una butaca con la copa de vino en la mano—. ¿No te sientes demasiado sola?

Isabel le aseguró que no.

—Theo vendrá a comer el domingo, con un amigo de la oficina. ¡Ven a comer con nosotros, Isabel! Sobre la una. No habrá *sauerbraten*. Comeremos algo distinto. Te hará bien, querida, y sólo está a dos pasos de aquí.

Theo era uno de los hijos de Eva.

—Pues... Eres muy amable, Eva.

—¿Amable? —Eva frunció el ceño—. Te esperaremos —dijo con firmeza.

Isabel no fue. Sobre las diez de la mañana del domingo se sintió lo bastante valiente como para llamar a Eva y decirle una mentirijilla, lo cual no le gustaba hacer. Dijo que se había traído trabajo a casa y que, aunque no era mucho, prefería no interrumpir el trabajo saliendo de casa al mediodía. Habría sido más fácil decir que no se encontraba bien o que estaba resfriada, aunque en tal caso, Eva habría ido a verla con alguna medicina o un plato de sopa caliente.

El domingo por la tarde Isabel se puso a arreglar el piso con mayor decisión que de costumbre. Había más cosas de su madre que quería tirar, cosas pequeñas como pañuelos viejos que Isabel sabía que nunca se pondría. Trasladó el sofá al otro lado de la habitación, más cerca de la ventana, y puso un banquillo entre la ventana y el sofá, para que hiciera de mesita, función mucho mejor para aquel mueble, e Isabel lamentó que no se le hubiera ocurrido antes. «Banquillo», no era siquiera la palabra apropiada para aquellas sillas-mesas. Isabel lo había comprobado por casualidad, cuando buscaba otra palabra en el diccionario. Un banquillo tenía respaldo y era más largo. Una de las muchas palabras raras que utilizara su madre. Debido a la nueva colocación del sofá, tuvo que cambiar la posición de la mesita y de una butaca, lo cual transformó la sala de estar, que ahora parecía más espaciosa y más alegre. Isabel se dio cuenta de que era una suerte tener aquel piso de tres habitaciones. Estaba en un edificio antiguo y el alquiler sólo había aumentado ligeramente durante los quince años que su familia venía ocupándolo. Por el alquiler que pagaba ahora difícilmente habría podido encontrar una habitación con cocina. Isabel también se sentía feliz porque tenía un plan para aquella noche.

Su plan, su intención, la tuvo de buen humor durante toda la la tarde, aunque evitó a propósito pensar en él. *Tranquila, tranquila*, se decía a sí misma. Sobre las cinco de la tarde puso un *casete* de Sinatra, uno de sus favoritos, y empezó a bailar sola.

A las siete se encontraba en un bar grande pero bastante acogedor de la Sexta Avenida. Había vuelto a ponerse el vestido negro con cuello en forma de «V», un collar de jade, o al menos de cuentas color verde, y no llevaba pendientes. Fingía tener una cita alrededor de las siete y media, no necesariamente con Dudley Hall, sino con alguien. De nuevo se sentó ante la barra y pidió un whisky con soda, bebiéndoselo sorbito a sorbito mientras de vez en cuando miraba hacia la puerta. Y de vez en cuando consultaba tranquilamente su reloj. Sabía que no iba a entrar nadie que estuviera citado con ella, pero ahora, al mirar a las personas que había en el local, la mayoría de ellas alegres, experimentaba una sensación diferente, sin asomo de ansiedad, como si fuera una de ellas. Incluso se sintió capaz de charlar con el hombre del taburete contiguo (aunque no aceptó que la invitase a una copa) y decirle que estaba esperando a alguien. No se sentía nada tímida ni sola, como al final le ocurriera en The Brewery. Durante la segunda copa se imaginó que el hombre con el que estaba citada era rubio, de unos treinta y cuatro años, alto y atlético, con el rostro ligeramente arrugado a causa del viento frío que lo azotaba al esquiar. Tendría manos grandes y su tipo sería más bien escandinavo. Buscó un hombre de aquellas características cuando volvió a alzar la cabeza para mirar la cara de tres o cuatro hombres que en aquel momento cruzaban la puerta. Isabel era consciente de que un par de personas se habían fijado, sin mucho interés, en que estaba esperando a alguien. Esto la hacía sentirse infinitamente más tranquila que si hubiera estado completamente sola en la barra.

A las ocho menos cuarto se marchó alegremente, pero con aire de leve impaciencia por si alguien la estaba observando, como si hubiera abandonado la esperanza de que se presentase la persona a la que estaba esperando.

Una vez en casa, se puso ropa más cómoda y encendió la televisión durante unos minutos, sintiéndose relajada y feliz, como si acabara de pasar un rato agradable tomando unas copas en alguna parte. Se preparó un poco de cena, luego cosió un ganchillo suelto de la cintura de una de sus faldas y cuando terminó aún le quedaba tiempo para leer unas cuantas páginas de la novela romántica que leía en aquel momento, *Corazón enjaulado*, antes de acostarse con el libro.

Valerie comentó que se la veía más feliz. Isabel no se había dado cuenta de ello, pero se alegró al saberlo. Últimamente era más feliz. Ahora salía de casa —elegantemente vestida, por supuesto— dos veces a la semana, para acudir a sus citas de fantasía, como a ella le gustaba considerarlas. ¿Qué había de malo en ello? Y nunca pedía más de dos copas, por lo que resultaba un entretenimiento barato y nunca le costaba más de cinco o seis dólares por velada. Tenía una vaga colección de hombres con los que había concertado citas imaginarias durante las últimas semanas, tan vaga como las caras de las chicas a las que había conocido en el instituto, cuyos rostros empezaban a resultarle difíciles de identificar cuando miraba las fotografías del álbum, porque la mayoría de ellas no habían sido más que parte del cambiante paisaje humano del instituto, en el que estudiaban muchas alumnas. El tipo escandinavo y un hombre moreno que se parecía un poco a Dudley Hall sobresalían de entre los demás, porque Isabel se imaginaba que, después de tomar unas copas, habían cenado y luego quizá les había invitado a subir a su piso. Podía haber una segunda cita con el mismo hombre, desde luego. Isabel nunca se los imaginaba en la cama con ella, aunque era posible que ellos se lo hubieran propuesto.

Un sábado Isabel invitó a Eva Rosenau a comer y le sirvió jamón en frío, ensalada de patatas y un buen vino blanco y frío. Eva disfrutó de la comida y dijo que se alegraba de verla más animada. Isabel comprendió que se refería a que ya no se la veía bajo la sombra de la muerte de su madre. Isabel había tirado finalmente las cortinas viejas y ni siquiera había querido utilizarlas como trapos, no fueran a recordarle días más tristes. En su lugar había colocado cortinas nuevas, color verde claro, tras coserlas con la máquina de su madre.

—¡Que vaya bien la caza! —le dijo Valerie, que se iba de vacaciones—. A lo mejor tienes algún amor secreto. ¿Lo tienes?

Isabel se quedaría en la oficina y sería la última en irse de vacaciones.

—¿De veras crees que eso es lo único que hace que el mundo gire? —contestó Isabel, pero sintió que se le arrebolaban las mejillas como si tuviera un novio secreto cuya identidad revelaría súbitamente a sus compañeras cuando las invitara a su fiesta de compromiso—. ¡Que os lo paséis bien, tú y Ralph! —Valerie se iba de vacaciones con su novio, con el cual ya vivía.

Cuatro días antes de que empezaran sus dos semanas de vacaciones, Prissy, que estaba en recepción, la llamó para que se pusiera al teléfono. Isabel contestó la llamada en otro despacho.

—Willy —dijo la voz—. ¿Me recuerda? Wilbur Miller de Nebraska —se rió.

De pronto Isabel se acordó de un hombre de unos treinta años, no muy alto ni muy guapo, que había estado en la oficina unos días antes. Recordó que él, al darle su nombre para que tomase nota, le había dicho: «Wilbur, de veras. A nadie le ponen Wilbur ya y nadie viene de Nebraska en estos tiempos. Pero yo sí.» Finalmente Isabel dijo por teléfono:

—Sí, me acuerdo.

—Bien... ¿Tienes algún inconveniente en cenar conmigo? ¿Te parece el viernes por la noche? Sólo para darte las gracias... Isabel.

—Pues... no. Es usted muy amable, señor Miller.

—Willy. Estaba pensando en un restaurante del centro. En Greenwich Street. Se llama el Imperial Fish. ¿Te gusta el pescado? ¿La langosta? —El hombre siguió hablando sin darle tiempo a responder. Le preguntó si quería que la fuera a buscar en la oficina el viernes, o si prefería que se encontrasen en el restaurante.

—Nos encontraremos donde usted dice, si me da la dirección.

Él se la dio. Acordaron encontrarse a las siete.

Isabel miró la dirección y el número de teléfono del Imperial Fish, que tenía anotados en un papel. Ahora se acordaba muy bien de Wilbur Miller. Tenía una franqueza y un aire despreocupado que no eran frecuentes entre los neoyorquinos y, al mismo tiempo, parecía lleno de confianza en sí mismo. Quería una oficina de dos habitaciones y se dedicaba a la distribución de piezas o algo por el estilo. ¿Piezas electrónicas? Daba lo mismo. Isabel recordó también que se había sentido muy consciente de él, de una forma poco habitual, como una mezcla de cordialidad y excitación. Era curioso. Pero ella no había tratado de coquetear con él. Había reprimido sus sentimientos e incluso se había mostrado un poco fría. ¿Sería Willy Miller de Nebraska su hombre ideal? ¿El caballero del caballo blanco, como decían en plan de broma en algunas de las novelas que leía, con el que estaba destinada a pasar el resto de su vida?

Entre aquel día y la noche del viernes Isabel procuró no pensar en Willy Miller, en su aspecto y en su voz, aunque se acordaba muy bien de todo ello. El viernes se dio cuenta un par de veces de que le temblaban las rodillas y quizá también las manos.

El viernes, sobre las seis de la tarde, Isabel se vistió para su cita con Willy Miller. No iba a tomarse tantas molestias con su aspecto como hiciera en el caso de Dudley Hall, pensó, y era verdad. Un vestido azul claro, sin mangas, porque la noche era calurosa, un impermeable de plástico casi transparente, porque habían dicho que llovería, unas bonitas sandalias blancas y nada más.

A la siete y cinco llegó ante el toldo a rayas azules y blancas del Imperial Fish y miró si Willy estaba entre las personas que había en la acera, aunque probablemente estaría en el interior del restaurante, esperándola. Isabel anduvo varios pasos en dirección a la parte alta de la ciudad, luego dio media vuelta y retrocedió pasando por debajo del toldo. Se preguntó por qué estaba vacilando. ¿Para hacerse más interesante llegando tarde? No. La velada con Willy podía resultar agradable, con cena y conversación y puede que café en su piso o tal vez no.

¿Y si le daba plantón? Volvió a mirar el toldo y reprimió una risa nerviosa. Él pediría una segunda copa y a cada momento miraría hacia la puerta, como ella hacía siempre. Willy aprendería a saber qué se sentía en aquellos casos. Sin embargo, Isabel no tenía nada en absoluto contra Willy Miller. Sencillamente se daba cuenta de que no quería pasar la velada con él, no quería conocerle mejor. Presentía que podía iniciar una aventura con él, una aventura que, como ella era mayor y más prudente, sería más importante que la experiencia tonta... No sabía qué nombre dar a la aventura de una noche con el segundo de sus amores, que ni siquiera había sido tan importante como el primero, con el que nunca se había acostado. El segundo había sido el hombre casado.

Quería irse a casa. ¿O no quería? Frunciendo el ceño, se quedó mirando fijamente la puerta del Imperial Fish. ¿Debía entrar y decir «Hola, Willy. Siento llegar tarde»? ¿O «Lo siento, Willy, pero quiero romper la cita»?

*Prefiero mis propias citas*, podía añadir. Y ésa era la verdad.

Un transeúnte chocó con ella, porque estaba parada en medio de la acera. Apretó los dientes. *Me voy a casa*, se dijo a sí misma, como si fuese una orden, y empezó a andar hacia la parte de la ciudad donde vivía y, como llevaba puesta ropa bastante buena, se permitió el lujo de tomar un taxi.

## James Joyce

# Una madre

Mr. Holohan, vicesecretario de la sociedad Eire Abu, se paseó un mes por todo Dublín con las manos y los bolsillos atiborrados de papelitos sucios, arreglando lo de la serie de conciertos. Era lisiado y por eso sus amigos lo llamaban Aúpa Holohan. Anduvo para arriba y para abajo sin parar y se pasó horas enteras en una esquina discutiendo el asunto y tomando notas; pero al final fue Mrs. Kearney quien tuvo que resolverlo todo.

Miss Devlin se transformó en Mrs. Kearney por despecho. Se había educado en uno de los mejores conventos, donde aprendió francés y música. Como era exangüe de nacimiento y poco flexible de carácter, hizo pocas amigas en la escuela. Cuando estuvo en edad casadera la hicieron visitar varias casas donde admiraron mucho sus modales pulidos y su talento musical. Se sentó a esperar que viniera un pretendiente capaz de desafiar su frígido círculo de dotes para brindarle una vida venturosa. Pero los jóvenes que conoció eran vulgares y jamás los alentó, prefiriendo consolarse de sus anhelos románticos consumiendo «Delicias turcas» a escondidas. Sin embargo, cuando casi llegaba al límite y sus amigas empezaban ya a darle a la lengua, les tapó la boca casándose con Mr. Kearney, un botinero de la explanada de Ormond.

Era mucho mayor que ella. Su conversación adusta tenía lugar en los intermedios de su enorme barba parda. Después del primer año de casada intuyó ella que un hombre así sería más útil que un personaje novelesco, pero nunca echó a un lado sus ideas románticas. Era él sobrio, frugal y pío; tomaba la comunión cada viernes, a veces con ella, muchas veces solo. Pero ella nunca flaqueó en su fe religiosa y fue una buena esposa. Cuando en una reunión con desconocidos ella arqueaba una ceja, él se levantaba enseguida para despedirse, y, si su tos lo acosaba, ella le envolvía los pies en una colcha y le hacía un buen ponche de ron. Por su parte, él era un padre modelo. Pagando una módica suma cada semana a una mutua, se aseguró de que sus dos hijas recibieran una dote de cien libras cada una al cumplir veinticuatro años. Mandó a la hija mayor, Kathleen, a un convento, donde aprendió francés y música, y más tarde le costeó el Conservatorio.

Todos los años, por julio, Mrs. Kearny hallaba ocasión de decirles a sus amigas:

—El bueno de mi marido nos manda a veranear unas semanas a Skerries.

Y, si no era a Skerries, era a Howth o a Greystones.

Cuando el Despertar Irlandés comenzó a mostrarse digno de atención, Mrs. Kearney determinó sacar partido al nombre de su hija, tan irlandés, y le trajo un maestro de lengua irlandesa. Kathleen y su hermana les enviaron postales irlandesas a sus amigas, quienes, a su vez, les respondían con otras postales irlandesas. En ocasiones especiales, cuando Mr. Kearney iba con su familia a las reuniones procatedral, un grupo de gente se reunía después de la misa de domingo en la esquina de Cathedral Street. Eran todos amigos de los Kearney, amigos musicales o amigos nacionalistas; y, cuando le sacaban el jugo al último chisme, se daban la mano, todos a una, riéndose de tantas manos cruzadas y diciéndose adiós en irlandés. Muy pronto, el nombre de Kathleen Kearney estuvo a menudo en boca de la gente para decir que ella tenía talento y que era muy buena muchacha y, lo que es más, que creía en el renacer de la lengua irlandesa. Mrs. Kearney se sentía de lo más satisfecha. Así, no se sorprendió cuando un buen día Mr. Holohan vino a proponerle que su hija fuera pianista acompañante en cuatro grandes conciertos que su sociedad iba a dar en las Antiguas Salas de Concierto. Ella lo hizo pasar a la sala, lo invitó a sentarse y sacó la garrafa y la bizcochera de plata. Se entregó ella en cuerpo y alma a ultimar los detalles; aconsejó y persuadió; y, finalmente, se redactó un contrato según el cual Kathleen recibiría ocho guineas por sus servicios como pianista acompañante en aquellos cuatro grandes conciertos.

Como Mr. Holohan era novato en cuestiones tan delicadas como la redacción de anuncios y la confección de programas, Mrs. Kearney lo ayudó. Tenía tacto. Sabía qué artistas debían llevar el nombre en mayúsculas y qué artistas debían ir en letras pequeñas. Sabía que al primer tenor no le gustaría salir después del sainete de Mr. Meade. Para mantener al público divertido, acomodó los números dudosos entre viejos favoritos. Mr. Holohan la visitaba cada día para pedirle consejo sobre esto y aquello. Ella era invariablemente amistosa y asesora, en una palabra, asequible. Deslizaba hacia él la garrafa, diciéndole:

—Vamos, ¡sírvase usted, Mr. Holohan!

Y si él se servía, añadía ella:

—¡Sin miedo! ¡Sin ningún miedo!

Todo salió a pedir de boca. Mrs. Kearney compró en Brown Thomas un retazo de raso liso rosa, precioso, para hacerle una pechera al traje de Kathleen. Costó un ojo de la cara; pero hay ocasiones en que cualquier gasto está justificado. Se quedó con una docena de entradas para el último concierto y las envió a esas amistades con que no se podía contar que asistieran si no era así. No se olvidó de nada y, gracias a ella, se hizo lo que había que hacer.

Los conciertos tendrían lugar miércoles, jueves, viernes y sábado. Cuando Mrs. Kearney llegó con su hija a las Antiguas Salas de Concierto la noche del miércoles, no le gustó lo que vio. Unos cuantos jóvenes que llevaban insignias azul brillante en sus casacas, holgazaneaban por el vestíbulo; ninguno llevaba ropa de etiqueta. Pasó de largo con su hija y una rápida ojeada a la sala le hizo ver la causa del jolgorio de los ujieres. Al principio se preguntó si se habría equivocado de hora. Pero no, faltaban veinte minutos para las ocho.

En el camerino, detrás del escenario, le presentaron al secretario de la sociedad, Mr. Fitzpatrick. Ella sonrió y le tendió una mano. Era un hombrecito de cara lerda. Notó que llevaba su sombrero de pana pardo al desgaire a un lado y que hablaba con dejo desganado. Tenía un programa en la mano y mientras conversaba con ella le mordió una punta hasta que la hizo una pulpa húmeda. No parecía darle importancia al chasco. Mr. Holohan entraba al camerino a cada rato trayendo noticias de la taquilla. Los artistas hablaban entre ellos, nerviosos, mirando de vez en cuando al espejo y enrollando y desenrollando sus partituras. Cuando eran casi las ocho y media, la poca gente que había en el teatro comenzó a expresar el deseo de que empezara la función. Mr. Fitzpatrick subió a escena, sonriendo inexpresivo al público, para decirles:

—Bueno, y ahora, señoras y señores, supongo que es mejor que empiece la fiesta.

Mrs. Kearney recompensó su vulgarísima expresión final con una rápida mirada despreciativa y luego dijo a su hija, a fin de animarla:

—¿Estás lista, tesoro?

Cuando tuvo la oportunidad, llamó a Mr. Holohan aparte y le preguntó que qué significaba aquello. Mr. Holohan le respondió que él no sabía. Le explicó que el comité había cometido un error en dar tantos conciertos: cuatro conciertos eran demasiados conciertos.

—¡Y con qué *artistas*! —dijo Mrs. Kearney—. Claro que hacen lo que pueden, pero no son nada buenos.

Mr. Holohan admitió que los artistas eran malos,

pero el comité, dijo, había decidido dejar que los tres primeros conciertos salieran como pudieran y reservar lo bueno para la noche del sábado. Mrs. Kearney no dijo nada, pero, como las mediocridades se sucedían en el estrado y el público disminuía cada vez, comenzó a lamentarse de haber puesto todo su empeño en semejante velada. No le gustaba en absoluto el aspecto de aquello y la estúpida sonrisa de Mr. Fitzpatrick la irritaba de veras. Sin embargo, se calló la boca y decidió esperar a ver cómo acababa todo. El concierto se extinguió poco antes de las diez y todo el mundo se fue a casa corriendo.

El concierto del jueves tuvo mejor concurrencia, pero Mrs. Kearney se dio cuenta enseguida de que el teatro estaba lleno de balde. El público se comportaba sin el menor recato, como si el concierto fuera un último ensayo informal. Mr. Fitzpatrick parecía divertirse mucho; y no estaba en lo más mínimo consciente de que Mrs. Kearney, furiosa, tomaba nota de su conducta. Se paraba él junto a las bambalinas y de vez en cuando sacaba la cabeza para intercambiar risas con dos amigotes sentados en el extremo del balcón. Durante la tanda, Mrs. Kearney se enteró de que se iba a cancelar el concierto del viernes y que el comité movería cielo y tierra para asegurarse de que el concierto del sábado fuera un lleno completo. Cuando oyó decir esto buscó a Mr. Holohan. Lo pescó mientras iba cojeando con un vaso de limonada para una jovencita y le preguntó si era cierto. Sí, era cierto.

—Pero, naturalmente, eso no altera el contrato —dijo ella—. El contrato es por cuatro conciertos.

Mr. Holohan parecía estar apurado; le aconsejó

que hablara con Mr. Fitzpatrick. Mrs. Kearney comenzó a alarmarse entonces. Sacó a Mr. Fitzpatrick de su bambalina y le dijo que su hija había firmado por cuatro conciertos y que, naturalmente, de acuerdo con los términos del contrato ella recibiría la suma estipulada originalmente, diera o no la sociedad cuatro conciertos. Mr. Fitzpatrick, que no se dio cuenta del punto en cuestión enseguida, parecía incapaz de resolver la dificultad y dijo que trasladaría el problema al comité. La ira de Mrs. Kearney comenzó a revolotearle en las mejillas y tuvo que hacer lo imposible para no preguntar:

—¿Y quién es este *comidé*, hágame el favor?

Pero sabía que no era digno de una dama hacerlo: por eso se quedó callada.

El viernes por la mañana enviaron a unos chiquillos a que repartieran volantes por las calles de Dublín. Anuncios especiales aparecieron en todos los diarios de la tarde recordando al público amante de la buena música el placer que les esperaba a la noche siguiente. Mrs. Kearney se sintió más alentada pero pensó que era mejor confiar sus sospechas a su marido. Le prestó atención y dijo que sería mejor que la acompañara el sábado por la noche. Ella estuvo de acuerdo. Respetaba a su esposo como respetaba a la oficina de correos, como algo grande, seguro, inamovible; y aunque sabía que era escaso de ideas, apreciaba su valor como hombre, en abstracto. Se alegró de que él hubiera sugerido ir al concierto con ella. Pasó revista a sus planes.

Vino la noche del gran concierto. Mrs. Kearney, con su esposo y su hija, llegó a las Antiguas Salas de

Concierto tres cuartos de hora antes de la señalada para comenzar. Tocó la mala suerte que llovía. Mrs. Kearney dejó las ropas y las partituras de su hija al cuidado de su marido y recorrió todo el edificio buscando a Mr. Holohan y a Mr. Fitzpatrick. No pudo encontrar a ninguno de los dos. Les preguntó a los ujieres si había algún miembro del comité en el público, y, después de mucho trabajo, un ujier se apareció con una mujercita llamada Miss Beirne, a quien Mrs. Kearney explicó que quería ver a uno de los secretarios. Miss Beirne los esperaba de un momento a otro y le preguntó si podía hacer algo por ella. Mrs. Kearney escrutó a aquella mujercita que tenía una doble expresión de confianza en el prójimo y de entusiasmo atornillada a su cara, y le respondió:

—¡No, gracias!

La mujercita esperaba que hicieran una buena entrada. Miró la lluvia hasta que la melodía de la calle mojada borró el entusiasmo y la confianza de sus facciones torcidas. Luego exhaló un suspiro y dijo:

—¡Ah, bueno, se hizo lo que se pudo, como usted sabe!

Mrs. Kearney tuvo que regresar al camerino.

Llegaban los artistas. El bajo y el segundo tenor ya estaban allí. El bajo, Mr. Duggan, era un hombre joven y esbelto, con un bigote negro regado. Era hijo del portero de unas oficinas, del centro, y, de niño, había cantado sostenidas notas bajas por los resonantes corredores. De tan humildes auspicios se había educado a sí mismo para convertirse en un artista de primera fila. Había cantado en la ópera. Una noche, cuando un artista operista se enfermó, había interpretado el papel del rey en *Maritana*, en el Queen's Theatre. Cantó con mucho sentimiento y volumen y fue muy bien acogido por la galería; pero, desgraciadamente, echó a perder la buena impresión inicial al sonarse la nariz en un guante, una o dos veces, de distraído que era. Modesto, hablaba poco. Decía *ustéi*, pero tan bajo que pasaba inadvertido, y por cuidarse la voz no bebía nada más fuerte que leche. Mr. Bell, el segundo tenor, era un hombrecito rubio que competía todos los años por los premios de Feis Ceoil. A la cuarta intentona ganó la medalla de bronce. Nervioso en extremo y un extremo envidioso de otros tenores, cubría su envidia nerviosa con una simpatía desbordante. Era dado a dejar saber a otras personas el viacrucis que significaba un concierto. Por eso cuando vio a Mr. Duggan se le acercó a preguntarle:

—¿Estás tú también en el programa?

—Sí —respondió Mr. Duggan.

Mr. Bell sonrió a su compañero de infortunios, extendió una mano y le dijo:

—¡Chócala!

Mrs. Kearney pasó por delante de estos dos jóvenes y se fue al borde de la bambalina a echar un vistazo a la sala. Ocupaban las localidades rápidamente y un ruido agradable circulaba por el auditorio. Regresó a hablar en privado con su esposo. La conversación giraba sobre Kathleen evidentemente, pues ambos le echaban una mirada de vez en cuando mientras ella conversaba de pie con una de sus amigas nacionalistas, Miss Healy, la contralto. Una mujer desconocida y solitaria de cara pálida atravesó la pieza. Las muchachas siguieron con ojos ávidos aquel vestido azul desvaído tendido sobre un cuerpo enjuto. Alguien dijo que era Madama Glynn, soprano.

—Me pregunto de dónde la sacaron —dijo Kathleen a Miss Healy—. Nunca oí hablar de ella, te lo aseguro.

Miss Healy tuvo que sonreír. Mr. Holohan entró cojeando al camerino en ese momento y las dos muchachas le preguntaron quién era la desconocida. Mr. Holohan dijo que era Madama Glynn, de Londres. Madama tomó posesión de un rincón del cuarto, manteniendo su partitura rígida frente a ella y cambiando de vez en cuando la dirección de su mirada de asombro. Las sombras acogieron protectoras su traje marchito, pero en revancha le rebosaron la fosa del esternón. El ruido de la sala se oyó más fuerte. El primer tenor y el barítono llegaron juntos. Se veían bien vestidos los dos, bien alimentados y complacidos, regalando un aire de opulencia a la compañía.

Mrs. Kearney les llevó a su hija y se dirigió a ellos con amabilidad. Quería estar en buenos términos pero, mientras hacía lo posible por ser atenta con ellos, sus ojos seguían los pasos cojeantes y torcidos de Mr. Holohan. Tan pronto como pudo se excusó y le cayó detrás.

—Mr. Holohan —le dijo—, quiero hablar con usted un momento.

Se fueron a un extremo discreto del corredor. Mrs. Kearney le preguntó cuándo le iban a pagar a su hija. Mr. Holohan dijo que ya se encargaría de ello Mr. Fitzpatrick. Mrs. Kearney dijo que ella no sabía nada de Mr. Fitzpatrick. Su hija había firmado contrato por ocho guineas y había que pagárselas. Mr. Holohan dijo que eso no era asunto suyo.

—¿Por qué no es asunto suyo? —le preguntó Mrs. Kearney—. ¿No le trajo usted mismo el contrato? En todo caso, si no es asunto suyo, sí es asunto mío y me voy a ocupar de él.

—Más vale que hable con Mr. Fitzpatrick —dijo Mr. Holohan, remoto.

—A mí no me interesa su Mr. Fitzpatrick para nada —repitió Mrs. Kearney—. Yo tengo mi contrato y voy a ocuparme de que se cumpla.

Cuando regresó al camerino, ligeramente ruborizada, reinaba allí la animación. Dos hombres con impermeables habían tomado posesión de la estufa y charlaban familiarmente con Miss Healy y el barítono. Eran un enviado del *Freeman* y Mr. O'Madden Burke. El enviado del *Freeman* había entrado a decir que no podía quedarse al concierto, ya que tenía que cubrir una conferencia que iba a pronunciar un sacerdote en la Mansion House. Dijo que debían dejarle una nota en la redacción del *Freeman* y que él se ocuparía de que la incluyeran. Era canoso, con voz digna de crédito y modales cautos. Tenía un puro apagado en la mano y el aroma a humo de tabaco flotaba a su alrededor. No tenía intenciones de quedarse más que un momento porque los conciertos y los artistas lo aburrían considerablemente, pero permanecía recostado a la chimenea. Miss Healy estaba de pie frente a él, riendo y charlando. Tenía él edad como para sospechar la razón de la cortesía femenina, pero era lo bastante joven de espíritu para saber sacar provecho a la ocasión. El calor, el color y el olor de aquel cuerpo juvenil le despertaban la sensualidad. Estaba deliciosamente al tanto de los senos que en este momento subían y bajaban frente a él en su honor, consciente de que las risas y el perfume y las miradas imponentes eran otro tributo. Cuando no pudo quedarse ya más tiempo, se despidió de ella muy a pesar suyo.

—O'Madden Burke va a escribir la nota —le explicó a Mr. Holohan—, y yo me ocupo de que la metan.

—Muchísimas gracias, Mr. Hendrick —dijo Mr. Holohan—. Ya sé que usted se ocupará de ella. Pero, ¿no quiere tomar una cosita antes de irse?

—No estaría mal —dijo Mr. Hendrick.

Los dos hombres atravesaron oscuros pasadizos y subieron escaleras hasta llegar a un cuarto apartado donde uno de los ujieres descorchaba botellas para unos cuantos señores. Uno de estos señores era Mr. O'Madden Burke, que había dado con el cuarto por puro instinto. Era un hombre entrado en años, afable, quien, en estado de reposo, balanceaba su cuerpo imponente sobre un largo paraguas de seda. Su grandilocuente apellido de irlandés del oeste era el paraguas moral sobre el que balanceaba el primoroso problema de sus finanzas. Se le respetaba a lo ancho y a lo largo.

Mientras Mr. Holohan convidaba al enviado del *Freeman*, Mrs. Kearney hablaba a su esposo con tal vehemencia que éste tuvo que pedirle que bajara la voz. La conversación de la otra gente en el camerino se había hecho tensa. Mr. Bell, primero en el programa, estaba listo con su música, pero su acompañante ni se movió. Algo andaba mal, es evidente. Mr. Kearney miraba hacia adelante, mesándose la barba, mientras Mrs. Kearney le hablaba al oído a Kathleen con énfasis controlado. De la sala llegaban ruidos revueltos, palmas y pateos. El primer tenor y el barítono y Miss Healy se pusieron los tres a esperar tranquilamente, pero Mr. Bell tenía los nervios de punta porque temía que el público pensara que se había retrasado.

Mr. Holohan y Mr. O'Madden Burke entraron al camerino. En un instante, Mr. Holohan se dio cuenta de lo que pasaba. Se acercó a Mrs. Kearney y le habló con franqueza. Mientras hablaban el ruido de la sala se hizo más fuerte. Mr. Holohan estaba rojo y excitadísimo.

Habló con volubilidad, pero Mrs. Kearney repetía cortante, a intervalos:

—Ella no saldrá. Hay que pagarle sus ocho guineas.

Mr. Holohan señalaba desesperado hacia la sala, donde el público daba patadas y palmetas. Acudió a Mr. Kearney y a Kathleen. Pero Mr. Kearney seguía mesándose las barbas y Kathleen miraba al suelo, moviendo la punta de sus zapatos nuevos: no era su culpa. Mrs. Kearney repetía:

—No saldrá si no se le paga.

Después de un breve combate verbal, Mr. Holohan se marchó cojeando, a la carrera. Se hizo el silencio en la pieza. Cuando el silencio se volvió insoportable, Miss Healy dijo al barítono:

—¿Vio usted a Mrs. Pat Campbell esta semana?

El barítono no la había visto, pero le habían dicho que había estado muy bien. La conversación se detuvo ahí. El primer tenor bajó la cabeza y empezó a contar los eslabones de la cadena de oro que le cruzaba el pecho, sonriendo y tarareando notas al azar para afinar la voz. De vez en cuando todos echaban una ojeada hacia Mrs. Kearney.

El ruido del auditorio se había vuelto un escándalo cuando Mr. Fitzpatrick entró al camerino, seguido por Mr. Holohan que acezaba. De la sala llegaron silbidos que acentuaban ahora el estruendo de palmetas y patadas. Mr. Fitzpatrick alzó varios billetes en la mano. Contó hasta cuatro en la mano de Mrs. Kearney y dijo que iba a conseguir el resto en el intermedio. Mrs. Kearney dijo:

—Faltan cuatro chelines.

Pero Kathleen se recogió la falda y dijo: *Vamos, Mr. Bell*, al primer cantante, que temblaba más que una hoja. El artista y su acompañante salieron a escena juntos. Se extinguió el ruido en la sala. Hubo una pausa de unos segundos: y luego se oyó un piano.

La primera parte del concierto tuvo mucho éxito, con excepción del número de Madama Glynn. La pobre mujer cantó *Killarney* con voz incorpórea y jadeante, con todos los amaneramientos de entonación y de pronunciación que ella creía que le daban elegancia a su canto pero que estaban tan fuera de moda. Parecía como si hubieran resucitado de un viejo vestuario, y de las localidades populares de la platea se burlaron de sus quejumbrosos agudos. El primer tenor y la contralto, sin embargo, se robaron al público. Kathleen tocó una selección de aires irlandeses que fue generosamente aplaudida. Cerró la primera parte una conmovedora composición patriótica, recitada por una joven que organizaba funciones teatrales de aficionados. Fue merecidamente aplaudida; y, cuando terminó, los hombres salieron al intermedio, satisfechos.

En todo este tiempo el camerino había sido un avispero de emociones. En una esquina estaba Mr. Holohan, Mr. Fitzpatrick, Miss Beirne, dos de los ujieres, el barítono, el bajo y Mr. O'Madden Burke. Mr. O'Madden Burke dijo que era la más escandalosa exhibición de que había sido testigo nunca. La carrera musical de Kathleen Kearney, dijo, estaba acabada en Dublín después de esto. Al barítono le preguntaron qué opinaba del comportamiento de Mrs. Kearney. No quería opinar. Le habían pagado su dinero y quería estar en paz con todos. Sin embargo, dijo que Mrs. Kearney bien podía haber tenido consideración con los artistas. Los ujieres y los secretarios debatían acaloradamente sobre lo que debía hacerse llegado el intermedio.

—Estoy de acuerdo con Miss Beirne —dijo Mr. O'Madden Burke—. De pagarle, nada.

En la otra esquina del cuarto estaban Mrs. Kearney y su marido, Mr. Bell, Miss Healy y la joven que recitó los versos patrióticos. Mrs. Kearney decía que el comité la había tratado escandalosamente. No había reparado ella ni en dificultades ni en gastos y así era como le pagaban.

Creían que tendrían que lidiar sólo con una muchacha y que, por lo tanto, podían tratarla a la patada. Pero les iba ella a mostrar lo equivocados que estaban. No se atreverían a tratarla así si ella fuera un hombre. Pero ella se encargaría de que respetaran los derechos de su hija: de ella no se burlaba nadie. Si no le pagaban hasta el último penique, iba a tocar a rebato en Dublín. Claro que lo sentía por los artistas. Pero ¿qué otra cosa podía ella hacer? Acudió al segundo tenor, que dijo que no le habían tratado bien. Luego apeló a Miss Healy. Miss Healy quería unirse al otro bando, pero le disgustaba hacerlo porque era muy buena amiga de Kathleen y los Kearney la habían invitado a su casa muchas veces.

Tan pronto como terminó la primera parte, Mr. Fitzpatrick y Mr. Holohan se acercaron a Mrs. Kearney y le dijeron que las otras cuatro guineas le serían pagadas después que se reuniera el comité al martes siguiente y que, en caso de que su hija no tocara en la segunda parte, el comité daría el contrato por cancelado, y no pagaría un penique.

—No he visto a ese tal comité —dijo Mrs. Kearney, furiosa—. Mi hija tiene su contrato. Cobrará cuatro libras con ocho en la mano o no pondrá un pie en el estrado.

—Me sorprende usted, Mrs. Kearney —dijo Mr. Holohan—. Nunca creí que nos trataría usted así.

—Y ¿de qué forma me han tratado ustedes a mí? —preguntó Mrs. Kearney.

Su cara se veía ahogada por la rabia y parecía que iba a atacar a alguien físicamente.

—No exijo más que mis derechos —dijo ella.

—Debía usted tener un poco de decencia —dijo Mr. Holohan.

—Debería yo, ¿de veras?... Y, si pregunto cuándo le van a pagar a mi hija, me responden con una grosería. —Echó la cabeza atrás para imitar un tono altanero.

—Debe usted hablar con el secretario. No es asunto mío. Soy mu impoltante pa lo poco quiago.

—Yo creí que era usted una dama —dijo Mr. Holohan, alejándose de ella, brusco.

Después de lo cual la conducta de Mrs. Kearney fue criticada por todas partes: todos aprobaron lo que había hecho el comité. Ella se paró en la puerta, lívida de furia, discutiendo con su marido y su hija, gesticulándoles. Esperó hasta que fue hora de comenzar la segunda parte con la esperanza de que los secretarios vendrían a hablarle. Pero Miss Healy consintió bondadosamente en tocar uno o dos acompañamientos. Mrs. Kearney tuvo que echarse a un lado para dejar que el barítono y su acompañante pasaran al estrado. Se quedó inmóvil, por un instante, la imagen pétrea de la furia, y, cuando las primeras notas de la canción repercutieron en sus oídos, cogió la capa de su hija y dijo a su marido:

—¡Busca un coche!

Salió él inmediatamente. Mrs. Kearney envolvió a su hija en la capa y siguió a su marido. Al cruzar el umbral se detuvo a escudriñar la cara de Mr. Holohan:

—Todavía no he terminado con usted —le dijo.

—Pues yo sí —respondió Mr. Holohan.

Kathleen siguió, modosa, a su madre. Mr. Holohan comenzó a caminar alrededor del cuarto para calmarse, ya que sentía que la piel le quemaba.

—¡Eso es lo que se llama una mujer agradable! —dijo—. ¡Vaya que es agradable!

—Hiciste lo indicado, Holohan —dijo Mr. O'Madden Burke, posado en su paraguas en señal de aprobación.

## Rosa Montero

# Parece tan dulce

Parece tan dulce y es feroz. Contemplen la sala: está llena de gente. Un tercio de esa gente, haciendo un cálculo optimista, son personas que no me quieren bien. Todos mis competidores, todos mis verdugos y todas mis víctimas. Llevo quince años en la firma, los cinco últimos como director de personal: no ha sido fácil. Pero de entre todos esos señores y señoras que me odian sé con certeza que la peor es ella. Ella es mi mayor enemigo. Estoy muy seguro de lo que digo porque la conozco bien: es mi mujer.

Y eso que están presentes los más belicosos, los más tenaces de mis adversarios: Donatella, la licenciada en Económicas con un *master* en Harvard que entró como secretaria mía porque no encontraba trabajo con la crisis, y que un día me echó lenta y deliberadamente un carajillo hirviendo en los pantalones porque yo le había pedido que nos trajera unos cafés a la reunión de directores (¿y qué podía hacer yo? Yo no soy culpable de la crisis. Y en la reunión estaba el director general. Y se lo había pedido por favor). Zaldíbar, que me tiranizó los seis años que fue mi jefe, firmando como suyos, sin yo saberlo, todos los informes que le hice. Contreras, que aspiraba a mi cargo y perdió en la contienda, ayudado en la derrota, probablemente, por el hecho casual de que yo me hubiera hecho socio del mismo club de tenis que el director general, con quien llegué a trabar cierta amistad a golpe de raqueta (no soy un santo, pero tampoco un cerdo como Zaldíbar: digamos que estoy asentado en el más común y vulgar nivel de indignidad). Pues bien, pese a estar presentes estos tres pesos pesados en la hostilidad, ella sigue siendo el mayor enemigo que tengo en esta sala y en el planeta. El hecho de estar casados sólo agrava la cosa. Duermo con ella, con mi feroz enemiga, y en mis noches insomnes me parece escucharle rumiar, en el silencio de sus sueños, ocultos planes de futuras venganzas.

Parece tan dulce. Ahí está, al otro lado de la sala, apoyada en la pared con su fingida y elegante desgana de siempre, hablando con alguien a quien no conozco: mírenla, ahora se la ve bien entre la gente, las espesas aguas de la concurrencia se han abierto un poco, creo que acaban de sacar los canapés calientes y ha habido una súbita deriva de glotones hacia la puerta. Hay que reconocer que se mantiene guapa: se toma su trabajo para ello, desde luego. Se tiñe el pelo, se da masajes, hace gimnasia todo el día (quiero decir, siempre que está en casa: es abogada y trabaja en un despacho laboralista), se llena la cara de potingues, de mascarillas horrendas, de cremas apestosas; se mete en la cama por las noches tan resbaladiza y aceitosa como un luchador de sumo en un campeonato. En esto compruebo una vez más que es mi enemiga y puedo medir el odio y el desapego que me tiene: tantos esfuerzos por mantenerse guapa ¿para quién? Debe de ser para Donatella, para Contreras, para Zaldíbar. Para mí no es, eso está claro: a mí me ofrece la tramoya del afeite, un gorro de plástico en el pelo, un aspecto ridículo. No sé si lo hace por sadismo: para afrentarme con su presencia. O si, lo que sería peor (lo que sospecho), lo hace simplemente porque no me ve, porque no me tiene en consideración, porque no existo. Muchas veces en mi vida, con diversas personas, me he sentido así, de cristal transparente: pero no estar en su mirada, en la mirada de ella, es lo más duro.

Cuando estoy es peor. A veces me echa una desapasionada ojeada y dice:

—¿Por qué no te compras el monoxinosequé ése, esa loción que se dan los hombres contra la calvicie?

O bien:

—Deberías cuidarte un poco más.

No parecen frases muy crueles, pero tendrían que oír el tono. Y la imagen de mí mismo que me ofrecen sus ojos. Estoy allí, en el fondo de las pupilas de ella, pequeñito por todas partes, más pequeñito aún de lo que sé que soy, con mi calva incipiente y mi barriga incipiente y mi derrota incipiente. Y entonces no le digo a mi mujer que llevo años frotándome la coronilla con minoxidil sin mejoría apreciable, y que en el secreto de mi cuarto de baño (tenemos dos, uno cada uno) hago abdominales, y que lo peor es que intento cuidarme y que la ruina incipiente de mi aspecto es el pobre resultado de todos mis desvelos. Para disimular, hago como que no me interesa nada mi apariencia física, como que desdeño esas banalidades. Es un viejo recurso que he usado desde la infancia: pretender que no me importa aquello en lo que he fracasado. Pero sé que mi mujer sabe mi truco. Y también sabe que yo sé que ella lo sabe. Es humillante. Mi mujer es mi mayor enemigo porque me humilla.

Quizá no es culpa suya. Quizá todo esto sea también tan duro para ella como lo es para mí. Al principio no fue así: al principio yo me miraba en ella y veía un dios. Sé que me quiso con locura. Lo sé, aunque no lo recuerdo: hoy me es tan difícil imaginarla enamorada de mí que, si no guardara todavía algunas arrebatadas cartas suyas, y, sobre todo, si no tuviera como prueba principal el hecho inaudito de que acabó casándose conmigo, creería que todo había sido producto de mi imaginación. Recuerdo, eso sí, que un día se apagó su mirada como se apaga la luz de un reflector. Y entonces yo dejé de estar bajo los focos y ya no volví a ser jamás el protagonista de esa mala película.

Las mujeres son así. O al menos muchas mujeres, sobre todo las que son apasionadas, como ella. Son terribles porque lo quieren todo. Porque no se conforman. Porque en el fondo pretenden encontrar al Príncipe Azul. Y cuando creen haberlo hallado, se emparejan; pero al cabo de unas semanas, de unos meses, de unos años, una mañana se despiertan y descubren que, en lugar de haberse estado acostando todas esas noches con el Príncipe, en realidad lo han estado haciendo con una rana. Lo peor es que entonces desprecian a la rana y abominan de ella, en vez de aceptar las cosas tal cual son, como yo mismo he hecho. Porque también mi mujer es mitad batracia, como todos; pero a mí no me importa, incluso me gusta. A veces, por las noches, mientras ella duerme en nuestra cama común (que es un desierto), yo la vigilo agazapado en la penumbra, esperando el prodigio. Suspira ella, se agita entre sueños, unta de crema de belleza toda la almohada; yo escruto a mi mujer atentamente, la veo un poco rana, algo verdosa, me atrevo a ponerle una mano en la cintura, ella ronronea sin despertar, como si le gustase; me acerco más, me cobijo en la noche, aquí estamos los dos siendo otra vez uno, compañera de charca al fin aunque sea dormida. Entonces me duermo yo también en esa postura inverosímil; y al cabo de un instante de plácida negrura alguien me sacude, me despierta. Es ella, que está erguida sobre un codo, contemplándome de cerca, la cabeza levantada como una cobra. La cobra mira a la rana y dice:

—Roncas. Ya estás roncando otra vez. Date la vuelta.

¿Por qué sigo con ella? Parece tan dulce a veces, sobre todo cuando está callada, cuando está ensimismada en otra cosa: será por eso. ¿Y ella por qué sigue conmigo? Es una pregunta que no me atrevo a contestarme. Sé que soy una decepción para ella: incluso lo soy para mí mismo. Sé que me falta pasión, vitalidad, empuje. Que no hablo apenas, que soy introvertido y aburrido. Sé que mi mujer se desespera cada vez que me ve pasar las horas delante del televisor absorto en unos programas que por otra parte aborrezco. Un día, hace ya años, era un domingo por la tarde y estábamos viendo una película en el vídeo, mi mujer bostezó, se estiró y se me quedó contemplando pensativamente:

—Quién sabe, quizá sea esto todo lo que hay —dijo con lentitud—: Es como cuando dejas de creer en Dios en la adolescencia, cuando un día te das cuenta de que no hay cielo ni hay infierno y que esto es todo lo que hay.

Dicho lo cual se levantó del sofá y se puso a hacer pesas furiosamente en un rincón de la sala: para qué, para quién. Si esto es todo lo que hay, a qué viene tanta gimnasia. Mírenla: está todavía guapa, ya lo sé. Quizá se arregle para Zaldíbar. Para Contreras. Para Donatella. O quizá para ese hombre con el que lleva tanto rato hablando y que no sé quién es. Tal vez a mi mujer se le hayan vuelto a encender los faros de sus ojos y esté mirando a ese tipo con la luminosa mirada del enamoramiento, que siempre es la misma y siempre parece nueva. No quiero ni pensarlo. Antes, hace años, era celoso. Ahora tengo tantas razones para serlo que no puedo permitírmelo.

Ese estruendo que acabamos de escuchar de algo que se rompe definitivamente no fue mi corazón, contra todo pronóstico, sino que me parece que ha sido un trueno. Sí, ahora truena otra vez, y a través de las ventanas se ve un cielo tan negro como el futuro. A ella le dan miedo las tormentas. Un miedo pueril que es parte de su cuota de rana, de imperfecta. Mírenla: ya se ha puesto nerviosa. Ha vuelto la cabeza hacia los balcones, baila el peso de su cuerpo de un pie a otro, se cambia el vaso de mano. Está buscando a alguien con los ojos. A mí. No quiero ser pretencioso, pero me parece que es a mí. Sí, ya me ha visto.

Me mira. Me sonríe. Es una sonrisa que nadie ve: un fruncir muy pequeñito de los labios por abajo. Sólo yo sé que ella está sonriendo. Sólo yo conozco esa sonrisa. Y yo le digo: «No te preocupes, ya sabes que en las ciudades siempre hay buenos pararrayos.» No se lo digo con la boca, pero ella entiende igual, desde el otro lado de la sala, lo que le he dicho. Esto es lo más cerca que estamos de la eternidad y del amor.

Recuerdo momentos. Buenos momentos. Los tengo guardados en la memoria para los instantes de mayor desaliento. Recuerdo cuando enfermé de gravedad con la neumonía y ella estaba tan fresca y tan serena en el incendio de mi fiebre, sus manos arropándome, entendiéndome y perdonándome como las manos de la Providencia. Recuerdo este invierno, cuando nevó y se cortó el fluido eléctrico: a la luz de las velas nos vimos distintos e hicimos el amor como si nos deseáramos, mientras los copos se asomaban sin ruido a la ventana. Recuerdo las canciones que cantamos juntos en el viaje de vuelta de Barcelona, mientras conducíamos por la autopista a través de la noche: y lo que nos reímos. Escuchad el ruido: está diluviando. Ahí afuera llueve, en la intemperie. Es una noche desabrida y cruel, una oscuridad inacabable. Ella vuelve a mirarme, en la distancia. Entre toda la gente que hay en la habitación, me mira a mí. Afuera cae del negro cielo una lluvia de desgracias y dolores, de cánceres, fracasos, soledades; de envejecimientos, de miedos y de pérdidas. Y yo aprieto los dientes y aguanto el chaparrón, y sé que quiero a mi enemiga con toda mi voluntad, con toda mi desesperación. Con lo mejor que soy y con mi cobardía.

## Alberto Moravia

## La *ciociara*

Al profesor, que insistía, se lo había dicho y repetido:

—Mire, profesor..., son muchachas muy sencillas... del campo... Mejor que coja una romana... las *ciociare* son rústicas, campesinas, analfabetas.

Esta última palabra, sobre todo, le había gustado al profesor.

—Analfabeta... justo lo que necesito... Por lo menos no leerá tebeos... Analfabeta.

Este profesor era un hombre ya mayor, con perilla y bigotes blancos, que enseñaba en el Liceo. Pero su ocupación principal eran las ruinas. Todos los domingos, e incluso en los días de diario, iba de aquí a allá, a la Via Apia, o al Foro Romano, o a las Termas de Caracalla, y explicaba las ruinas de Roma. En su casa, además, los libros sobre ruinas y otros temas se amontonaban como una librería: comenzaban en el vestíbulo, donde había gran cantidad de ellos, ocultos tras unas cortinas verdes, y continuaban en toda la casa, pasillos, habitaciones, trasteros; sólo no los había en el baño y en la cocina.

Cuidaba a los libros como si fueran las niñas de sus ojos, y ¡ay de quien se los tocase!; parecía imposible que hubiera podido leerlos todos. Y, sin embargo, como decimos en Ciociaria, no se empachaba nunca, y cuando no enseñaba o daba clases en su casa o explicaba las ruinas, se iba a los mercadillos de libros usados a hurgar en los puestos, y luego volvía siempre a casa con un paquete de libros bajo el brazo. En suma, los coleccionaba, igual que los muchachos coleccionan sellos. Y, por otra parte, para mí era un misterio que se hubiera empeñado en querer como criada a una muchacha de mi pueblo. Decía que eran más honradas y que no tenían humos en la cabeza. Decía que a él las campesinas lo alegraban con sus hermosas mejillas de manzanas rojas. Decía que cocinaban bien. En resumen, como no pasaba día que no se asomase a la portería, siempre insistiendo con la muchacha *ciociara* y analfabeta, escribí a mi pueblo, a mi compadre, y él me contestó que tenía precisamente lo que yo necesitaba: una muchacha de Vallecorsa que se llamaba Tuda, que aún no había cumplido los veinte años. Pero, me decía mi compadre en la carta, Tuda tenía un defecto: no sabía leer ni escribir. Y le contesté que precisamente el profesor la quería con este defecto: analfabeta.

Tuda llegó una noche a Roma, junto con mi compadre, y yo fui a buscarla a la estación. A la primera ojeada comprendí que era de buena raza *ciociara*, precisamente de esas que son capaces de cavar durante un día entero sin detenerse a coger aliento, o bien de llevar en la cabeza, por los senderos de montaña, un cesto de medio quintal de peso. Tenía las mejillas rojas que le gustaban al profesor, una trenza enrollada alrededor de la cabeza, unas cejas muy negras, tan juntas que dividían en dos su cara, rostro redondo y, cuando se reía, mostraba unos dientecitos blancos, muy juntos, que las mujeres de Ciociaria se limpian restregándolos con una hoja de malva. No estaba vestida de *ciociara*, es cierto, pero tenía el paso de la *ciociara*, habituada a apoyar en el suelo la planta del pie, sin tacones, y tenía esas pantorrillas musculosas que resultan tan bellas cuando las envuelven las cintas de las sandalias. Llevaba un cestillo bajo el brazo, y me dijo que era para mí: una docena de huevos del día, entre paja, cubiertos por hojas de higuera. Le dije que era mejor que se los diese al profesor, para causar buena impresión; pero ella contestó que no había pensado en el profesor porque, tratándose de un señor, debía de tener un gallinero en casa. Me eché a reír y así, entre una pregunta y otra, mientras íbamos hacia casa en tranvía, comprendí que era una salvaje: no había visto nunca un tren, un tranvía, una casa de seis pisos. En suma, analfabeta como quería el profesor.

Llegamos a casa y yo la llevé primero a la portería para presentársela a mi mujer; y luego, en el ascensor, al apartamento del profesor. Vino él a abrirnos, porque no tenía servidumbre y era mi mujer quien solía hacerle la limpieza y algo de cocina. Tuda, cuando entramos, le puso el cestillo en las manos, diciendo:

—Ten, profesor, cógelo, te he traído huevos frescos.

—No se tutea al profesor —le dije.

Pero el profesor, en cambio, la animó, diciéndole:

—Tutéame, hijita...

Y me explicó que aquel tú era el tú romano, el de los antiguos romanos, que, igual que los *ciociari*, no conocían el usted y trataban a la gente campechanamente, como si todos fueran de la misma familia. El profesor, luego, llevó a Tuda a la cocina, que era grande con cocina de gas, ollas de aluminio y, en suma, todo lo necesario, y le explicó cómo funcionaba. Tuda lo oyó todo, callada y seria. Por último, con su voz sonora, dijo:

—Pero yo no sé cocinar.

El profesor, sorprendido, dijo:

—Pero, ¿cómo?... Me habían dicho que sabías cocinar.

—En el pueblo, trabajaba —dijo ella— ...cavaba. Cocinaba, sí, pero sólo para comer... Nunca tuve una cocina como ésta.

—¿Dónde cocinabas?

—En la cabaña.

—Bueno —dijo el profesor, tirándose de la perilla—, también aquí cocinamos sólo para comer... Supongamos que tengas que cocinarme una comida sólo para comer... ¿Qué me harías?

—Te haría pasta con judías... Luego te bebes un vaso de vino... Y luego, a lo mejor, unas nueces, algún higo seco —dijo, sonriendo.

—¿Y eso es todo?... ¿Nada de segundo?

—¿Segundo, qué?

—Digo segundo plato, pescado, o carne...

Esta vez ella se echó a reír muy a gusto:

—Pero, ¿no te basta con haberte comido un plato de pasta y judías con pan?... ¿Qué más quieres?... Yo, con un plato de pasta y judías, y con el pan, cavaba todo el día... Y tú no trabajas.

—Estudio, escribo, también yo trabajo...

—Bah, estudiarás... Pero el trabajo de verdad es el que hacemos nosotros.

En resumen, no quería convencerse de que hacía falta como decía el profesor, un «segundo». Por último, tras muchas discusiones, se decidió que mi mujer vendría a cocinar durante cierto tiempo, para enseñar a Tuda. Pasamos después al dormitorio de la criada, que era una bonita habitación que daba al patio, con una cama, una cómoda y un armario. Ella dijo de inmediato, mirando a su alrededor:

—¿Dormiré sola?

—¿Con quién quieres dormir?

—En mi pueblo dormíamos cinco en una habitación.

—Es toda para ti.

Al final me marché, tras haberle recomendado que tuviera cuidado y que trabajara bien, porque yo respondía de ella tanto ante el profesor como ante mi compadre, que me la había enviado. Al salir oí que el profesor le explicaba:

—Mira que debes limpiarme todos los días estos libros, con el plumero y la gamuza.

—¿Qué haces con todos estos libros? —preguntó ella entonces—. ¿Para qué te sirven?

—Para mí son lo que para ti era la azada, en el pueblo —respondió él— ...trabajo con ellos.

—Sí, pero yo azada no tengo más que una.

Después de aquel día el profesor me daba noticias de Tuda de vez en cuando, al pasar por la portería.

No estaba muy contento el profesor, a decir verdad. Un día me dijo:

—Es rústica, muy rústica... ¿Sabe lo que hizo ayer? Cogió de mi mesa un papel escrito, el tema de un alumno, y lo utilizó para tapar unas botellas de vino.

—Profesor, ya se lo había advertido —le dije— ...es gente del campo.

—Sí, pero es una buena chica —concluyó él—. Amable, servicial..., una buena chica.

La buena chica, como él la llamaba, se convirtió en poco tiempo en una muchacha como las demás. Tan pronto como recibió su paga empezó por hacerse un trajecito de dos piezas, que parecía una señorita. Luego se compró los zapatos de tacón alto. Después, un bolso de imitación de cocodrilo. Hasta se hizo cortar la trenza, una verdadera lástima. Continuaba, sí, teniendo las mejillas rojas como dos manzanas, ésas sí que no se le pusieron pálidas enseguida, como a las muchachas nacidas en la ciudad, pero precisamente por ello gustaban tanto, y no sólo al profesor. La primera vez que la vi con ese desgraciado de Mario, el chófer de la señora del tercero, le dije:

—Mira que ése no te va... Lo que te dice a ti se lo dice a todas.

—Ayer me llevó en coche a Monte Mario —respondió ella.

—Y ¿qué quieres decir con eso?

—Es muy bonito ir en coche... Y, además, mira lo que me ha dado.

Y me enseñó un alfiler de metal blanco, con un elefantito, de esos que venden los merceros en Campo dei Fiori. Yo le dije:

—Eres una ignorante y no comprendes que ése te está tomando el pelo. En principio no debería sacar el coche por su cuenta, contigo... Si la señora se entera, va a oír... Y, además, ten cuidado... Te lo repito otra vez, ten cuidado.

Pero ella sonrió y continuó saliendo con Mario.

Pasaron un par de semanas; el profesor se asomó un día a la portería, me llamó aparte y me preguntó, bajando la voz:

—Oiga, Giovanni... Esa muchacha, ¿es honrada?

—Eso sí, profesor —dije—, ignorante, pero honrada.

—Lo será —dijo él, no muy convencido—, pero me han desaparecido cinco libros muy valiosos... No quisiera...

Protesté una vez más que no podía haber sido Tuda y que él encontraría los libros, con toda seguridad. Pero me quedé pensativo, lo confieso, y decidí tener los ojos bien abiertos. Una noche, días después, veo a Tuda entrar en el ascensor con Mario. Él dijo que tenía que ir al tercer piso para recibir órdenes de la señora, lo cual era una mentira, porque la señora había salido hacía una hora y él lo sabía. Los dejé subir y luego tomé el ascensor, subí y me fui derecho al apartamento del profesor. Por casualidad habían dejado la puerta entornada, entré, pasé por el pasillo, sentí que ellos dos hablaban en el despacho y comprendí que no me había equivocado. Muy despacito me asomé a la puerta, y ¿qué es lo que vi? A Mario, de pie sobre una silla, tendiendo la mano hacia una fila de libros que había arriba del todo; y a ella, la santita de mejillas rojas, que le sostenía la silla y le decía:

—Ése de allá arriba... ése tan gordo... ése tan gordo encuadernado en piel.

Dije, entonces, apareciendo:

—¡Estupendo...! ¡Muy bien...! Os he atrapado... ¡Muy bien...! Y el profesor, que me lo había dicho, y yo no lo creía...

¿Han visto ustedes a un gato cuando le tiran un cubo de agua desde una ventana? Así, él, al oír mi voz, saltó de la silla y escapó, dejándome solo con Tuda. Yo, entonces, se las dije de todos los colores, y cualquiera otra hubiera estallado en llanto. Pero, sí, sí, con las *ciociare* siempre ocurre algo diferente. Me escuchó con la cabeza gacha, sin hablar; luego levantó los ojos, secos, y dijo:

—¿Quién le ha robado? El dinero que me sobra de la compra se lo devuelvo siempre, tal cual... No hago como algunas cocineras, que ponen el doble de lo que cuestan las cosas.

—¡Desgraciada!... ¿No le robas los libros?... ¿Eso no se llama robar?

—Pero, ¡tiene tantos libros!

—Muchos o pocos, no debes tocarlos... Y ten cuidado... Porque si te vuelvo a pillar te vuelves al pueblo más derecha que un huso.

De momento, cabezota, no quiso darme la razón ni admitir por un solo instante que había robado. Pero unos días después entró en la portería con un paquete bajo el brazo.

—Ahí están, los libros del profesor... Se los he traído y así no podrá quejarse.

Le dije que había hecho bien y pensé para mí que, después de todo, era una buena muchacha, y que toda la culpa era de Mario. La acompañé en el ascensor y luego entré con ella en la casa para ayudarla a poner en su sitio los libros. Precisamente en ese momento, mientras estábamos abriendo el paquete, llegó el profesor.

—Profesor..., ahí tiene sus libros —le dije—. Tuda los ha encontrado... Se los había prestado a una amiga para que mirase los santos...

—Está bien, está bien... No se hable más.

Con el abrigo encima y el sombrero en la cabeza se lanzó sobre los libros, cogió uno, lo abrió y luego lanzó un grito:

—¡Pero éstos no son mis libros!

—¿Qué quiere decir?

—Eran libros de arqueología —continuó él, hojeando febrilmente los otros volúmenes— y éstos, en cambio, son cinco volúmenes, y por añadidura desaparejados, de derecho.

—¿Se puede saber qué has hecho? —le dije a Tuda.

Esta vez ella protestó con fuerza:

—Había cogido cinco libros... y cinco le traigo... ¿Qué queréis de mí?... Los he pagado muy caros... Más de lo que me dieron cuando los vendí.

El profesor estaba tan estupefacto que nos miró a mí y a Tuda, con la boca abierta, sin decir palabra. Ella continuó:

—Mira..., son las mismas encuadernaciones... Incluso más bonitas..., mira... Y también el peso es el mismo... Me los han pesado..., son cuatro kilos y seiscientos.... como los tuyos.

Esta vez el profesor se echó a reír, aunque con una risa amarga:

—Pero los libros no se venden al peso, como un ternero... Cada libro es distinto de los otros... ¿Qué hago con estos libros?... ¿No lo entiendes?... Cada libro contiene cosas distintas..., de autor distinto.

Cualquiera se lo hacía entender. Repetía, obstinada:

—Eran cinco y cinco son..., encuadernados, y éstos también... Yo no sé nada.

En suma, el profesor la mandó a la cocina, diciéndole:

—Vete a cocinar... Basta, no quiero hacerme mala sangre.

Y luego, cuando se marchó, me dijo:

—Lo siento..., es una buena chica..., pero demasiado rústica.

—Usted lo ha querido, profesor.

—*Mea culpa* —dijo él.

Tuda se quedó con el profesor el tiempo necesario para buscar otro puesto. Lo encontró, de fregona, en una lechería del barrio. A veces viene a vernos a la portería. Del asunto de los libros no hablamos nunca. Pero me dice que está aprendiendo a leer y a escribir.

## Rosamunde Pilcher

# Silba para llamar al viento

Era sábado por la mañana. Chispazos de luz dorada iluminaban los árboles y las sombras de las nubes de tormenta se deslizaban sobre las laderas de las colinas y se perseguían hasta la lejana línea azul del mar.

Jenny Fairburn, que volvía a casa a comer después de dar un paseo con los dos perros de la familia, estaba agradablemente cansada, pues había hecho un largo recorri: rodeó el lago y regresó por el serpenteante camino lleno de baches que conducía a la granja. El hogar se encontraba más adelante y era la antigua casa del pastor protestante, que se alzaba junto a la iglesia en ruinas. La pineda la resguardaba del norte y las ventanas que daban al sur reflejaban la luz del sol como si emitieran señales de bienvenida. Jenny pensó en el almuerzo porque, además de cansada, estaba hambrienta. Sabía que tomaría cordero asado y, como a los niños, se le hizo agua la boca.

Era una joven de veinte años, alta, delgada, con el pelo rubio rojizo y la piel clara heredados de su abuela paterna, una montañesa de pura cepa. Tenía los ojos oscuros, la nariz delgada y respingona y la boca llena y expresiva. Cada vez que sonreía su rostro se iluminaba, aunque también sabía que si estaba de mal humor o deprimida su expresión se tornaba triste y vulgar.

En el porche trasero dio de beber a los perros jadeantes y se quitó las botas llenas de barro. Oyó la voz de su madre en la cocina y dedujo que estaba hablando por teléfono porque su padre había pasado la mañana en el campo de golf y su coche aún no estaba en el garaje.

Entró en la cocina descalza y percibió el olor del cordero asado y el aroma penetrante de la salsa de menta.

—... muy amable de tu parte —decía su madre, que se volvió, vio a Jenny y sonrió distraída—. Sí, claro. ¿Qué te parece a las seis y media? Todos. Iremos encantados. Adiós. —Colgó y miró a su hija—. ¿Ha sido agradable el paseo?

Jenny frunció el ceño porque el tono de su madre era excesivamente alegre.

—¿Con quién hablabas?

La señora Fairburn se agachó para abrir la puerta del horno y echar un vistazo al cordero. Una aromática y cálida fragancia se dispersó por la cocina.

—Con Daphne Fenton.

—¿Qué quería?

La señora Fairburn cerró la puerta del horno y se irguió. Estaba colorada, aunque tal vez sólo se debiese al calor.

—Nos invitó a tomar una copa esta noche.

—¿Qué se celebra?

—Nada. Fergus pasará el fin de semana en casa y

Daphne invitó a varios amigos a tomar una copa. Desea concretamente que vayas.

—No quiero ir —se defendió Jenny.

—Vamos, cariño, tienes que ir.

—Puedes decirle que estoy ocupada.

La señora Fairburn se acercó a Jenny.

—Escucha, sé que te sentiste dolida y lo mucho que amabas a Fergus, pero eso terminó. El mes que viene se casa con Rose. En algún momento tienes que demostrar a todos que lo has aceptado.

—Creo que lo aceptaré cuando se casen, pero todavía no. Además, Rose me cae fatal.

Se miraron sin saber qué hacer y enseguida oyeron que el coche del señor Fairburn subía por el camino y giraba en la entrada.

—Tu padre está a punto de llegar. Seguro que está muerto de hambre. —La señora Fairburn dio una cariñosa palmada a la mano de su hija—. Tengo que terminar de preparar la salsa.

Después del almuerzo, fregados los platos y ordenada la cocina, cada uno se ocupó de sus tareas. El señor Fairburn se puso la ropa de andar por el jardín (con la que ningún jardinero que se preciara se dejaría ver) y salió a barrer hojas; su esposa se esfumó para coser las nuevas cortinas del salón que desde hacía un mes intentaba terminar y Jenny decidió irse a pescar. Cogió la caña y la cesta, se puso la vieja chaqueta de caza de su padre y las botas de goma y dijo firmemente a los perros que esta vez no la acompañarían.

—¿Puedo llevarme tu coche? —preguntó a su madre—. Quiero ir al lago y ver si pesco algo.

—Coge al menos tres truchas y las tomaremos para cenar.

Cuando llegó al lago, Jenny reparó en la quietud de las aguas pardas, apenas rozadas por la brisa. Fergus habría dicho: «Está demasiado tranquilo para pescar, tendremos que silbar para llamar al viento.»

Un kilómetro y medio lago abajo, de la carretera salía un sendero herboso que llegaba a la orilla. Jenny lo cogió y dejó que el pequeño y destartalado coche saltara y rebotara sobre las matas de hierba y el brezo. Aparcó a unos metros de la orilla, cogió la caña y la cesta y bajó hasta el punto donde el pequeño bote de remos reposaba sobre una hoz de guijarros.

No lo abordó enseguida. Se sentó en la orilla y escuchó el silencio, que no era tal sino el susurro y el murmullo de sonidos casi imperceptibles: el zumbido de una abeja, el lejano balido de las ovejas, el suspiro de la brisa, la caricia del agua a los guijarros.

«Tendremos que silbar para llamar al viento.»

Fergus..., ¿qué podías hacer con un hombre que formaba parte de tu vida desde que eras una niña? ¿Qué podías hacer con un chiquillo de tejanos remendados que recogía conchas en la playa, con un joven de gastado kilt que caminaba por la colina, con un adulto sumamente mundano y atractivo, de sedosos cabellos oscuros y ojos tan azules como el lago un día de estío? ¿Qué podías hacer con alguien con quien te habías peleado y reído, que siempre había sido tu amigo y tu rival y que finalmente se había convertido

—como Jenny sabía a ciencia cierta— en el único al que podías amar?

Fergus tenía seis años más que Jenny, veintiséis, y era hijo de los amigos de sus padres, los Fenton, que cultivaban la tierra de Inverbruie, tres kilómetros carretera abajo.

Cuando Jenny no era más que una niña la gente solía decirle: «Es como un hermano», pero ella siempre supo que no era verdad. ¿Qué hermano dedicaría infinidad de horas a enseñarle a pescar a una niña pequeña? ¿Qué hermano bailaría en las fiestas con una adolescente larguirucha a pesar de que la sala estaba llena de chicas mayores, más atractivas y bonitas?

Cuando la enviaron al internado en Kent, Jenny odiaba tanto estar lejos de Escocia que en cada carta rogaba que la dejasen regresar, y fue Fergus el que finalmente convenció a sus padres de que le iría igual de bien y sería mil veces más feliz en el instituto de Creagan.

«Algún día me casaré con él —se había prometido Jenny a sí misma—. Se enamorará de mí, me casaré con él, me trasladaré a Inverbruie y seré la esposa del joven agricultor.»

Esta idílica perspectiva se vio ligeramente empañada cuando Fergus declaró que no quería seguir los pasos de su padre, que prefería trasladarse a Edimburgo y prepararse como perito contable.

Daba igual. Los proyectos más íntimos de Jenny cambiaron rápidamente de dirección. «Algún día se enamorará de mí, me casaré con él, nos iremos a vivir a Edimburgo, tendremos una casita en Ann Street y asistiremos juntos a conciertos de orquestas sinfónicas.»

Para ser sincera, la idea de vivir en Edimburgo la intimidaba. Jenny detestaba las ciudades, aunque tal vez Edimburgo no estuviera tan mal y los fines de semana podrían volver a casa.

Sin embargo, Fergus no se quedó en Edimburgo. En cuanto se graduó le ofrecieron el traslado a la oficina central de la empresa para la que trabajaba y se mudó a Londres. ¿Londres? Por primera vez las dudas asaltaron a Jenny. ¿Soportaría alejarse tanto de sus amadas colinas y su querido lago?

«¿Por qué no vas a Londres? —sugirió su madre cuando Jenny terminó el instituto—. ¡Podrías estudiar en la Universidad y hasta compartir un piso pequeño!»

«Me resultaría insoportable, sería peor que estar en Kent.»

«¿Por qué no Edimburgo? No te sentaría mal una temporada lejos de casa.»

Jenny fue a Edimburgo, estudió taquimecanografía y francés, visitó las galerías de arte y cada vez que sentía nostalgia subía a la cima de Arthur's Seat y se figuraba que estaba en la cumbre de Ben Creagan. En Pascua terminó el curso, le entregaron el certificado y llegó el momento de volver a casa. Probablemente Fergus iría a su hogar a pasar las vacaciones y Jenny se preguntó si notaría algún cambio en ella.

Como ocurre en las novelas, la miraría como si la viese por primera vez y puede que entonces descubriera lo que Jenny sabía desde hacía años: que estaban hechos el uno para el otro. Por fin esas ensoñaciones escurridizas se harían realidad. Por descontado que supondría vivir en Londres, pero a esas alturas Jenny sabía que vivir donde fuese sin Fergus no tenía el menor aliciente.

Cuando el tren paró en Creagan, Jenny se asomó por la ventanilla y vio que su madre había ido a buscarla, lo cual era extraño porque habitualmente acudía su padre.

—¡Querida!

Se abrazaron y se besaron, bajaron las maletas del tren y fueron al aparcamiento de la estación. Era casi de noche, las farolas estaban encendidas y el aire olía a colinas y a turba.

Cruzaron la pequeña población y torcieron por la carretera secundaria que conducía a su casa. Pasaron por Inverbruie.

—¿Ha vuelto Fergus?

—Sí, está en su casa. Ha..., ha traído a una amiga.

Jenny volvió la cabeza y contempló el perfil de su madre.

—¿Una amiga?

—Sí, una chica llamada Rose. Puede que la hayas visto por la tele porque es actriz. —Una amiga, una chica, ¿una actriz?—. Fergus la conoció hace un par de meses.

—Y tú..., ¿la has visto?

—No, pero estamos invitados a la fiesta que darán mañana por la noche.

—Pero..., pero...

No había palabras que expresaran la sorpresa y la

desolación que Jenny experimentó. La señora Fairburn frenó y miró a su hija.

—Por eso vine a buscarte, sabía que te afectaría y quería que lo habláramos.

—Ocurre que..., bueno, no quiero que Fergus traiga a nadie a Creagan. —Incluso a Jenny ese comentario le pareció patéticamente pueril.

—Jenny, no eres la propietaria de Fergus. Tiene todo el derecho del mundo a hacer amistades. Es adulto y vive su propia vida. Tú también deberías forjar tu propia vida. No puedes dedicarte a mirar por encima del hombro y llorar por las fantasías de la infancia.

Lo peor no fue que su madre pronunciara esas palabras, sino que hubiese sido tan perceptiva.

—De verdad..., de verdad que lo quiero.

—Ya lo sé. Lo estás pasando mal. El primer amor siempre es un sufrimiento, pero tendrás que armarte de valor y superarlo. No dejes traslucir lo mucho que te afecta. —Permanecieron un rato en silencio y la mujer preguntó—: ¿Estás bien?

Jenny asintió con la cabeza, la señora Fairburn arrancó y siguieron viaje.

—¿Crees que Fergus se casará con ella?

—No tengo la menor idea, pero parece harto probable por lo que Daphne Fenton me ha comentado. Fergus se ha comprado un piso en Wandsworth y Rose le está cosiendo las fundas de los sillones.

—¿Te parece una mala señal?

—Yo no la llamaría mala, sino indicativa.

Jenny guardó silencio. Cuando franquearon la verja de la casa se agitó en el asiento y comentó:

—Puede que me caiga bien.
—Sí, claro, tal vez te caiga bien.

Jenny se esforzó por congeniar con Rose. Le resultó difícil porque, sin darse cuenta, la había visto en una serie de televisión sobre un hospital, en la que Rose interpretaba a una enfermera. En ese papel a Jenny le había parecido una pelma, con su carita en forma de corazón demudándose con una mezcla de emociones y transmitiendo una congoja insoportable mediante un ligero temblor de su voz impostada.

En la vida real Rose era bastante agradable. Tenía el pelo negro, sedoso, lo llevaba suelto y se le rizaban las puntas que caían sobre los hombros; llevaba un vestido de cintura baja con sorprendentes cuentas pequeñas y brillos cosidos a las tablas sueltas.

—Fergus me ha hablado mucho de ti —dijo Rose a Jenny cuando las presentaron en Inverbruie—. Dice que prácticamente os criasteis juntos. ¿Tu padre también es agricultor?

—No, es el director del banco de Creagan.

—¿Siempre has vivido aquí?

—He nacido y me he criado aquí. Incluso estudié aquí. Pasé el invierno en Edimburgo, pero me alegro infinitamente de haber vuelto.

—¿No te..., no te aburres en un sitio tan aislado?

—No.

—¿Qué piensas hacer ahora?

—No lo sé.

—Vente a Londres. Siempre le digo a Fergy que no hay mejor sitio para vivir. Ven a Londres y nosotros te vigilaremos... —Rose se estiró y cogió del brazo a Fergus, que en ese momento conversaba encantado con otra persona. Rose lo apartó físicamente y lo obligó a ocuparse de ella—. Cielo, acabo de decirle a Jenny que debería venir a Londres.

Fergus y Jenny se miraron a los ojos; ella sonrió y, con gran sorpresa, comprobó que le resultaba muy fácil hacerlo.

—A Jenny no le gusta vivir en la ciudad —afirmó Fergus.

—Sobre gustos no hay nada escrito. —Jenny se encogió de hombros.

—No puedes quedarte aquí toda la vida —insistió Rose con incredulidad.

—Pasaré el verano aquí. —En realidad, no había pensado en el tema, pero en ese instante descubrió que ya había tomado una decisión—. Espero conseguir trabajo de temporada en Creagan. —Optó por cambiar de tema—. Mi madre me ha hablado del piso en Wandsworth.

—Sí, claro... —empezó a decir Fergus, pero no llegó más lejos porque Rose le tapó la boca.

—Es un primor. Aunque no es muy grande, da el sol todo el día. Bastarán unos pocos toques para que quede perfecto.

—¿Tiene jardín? —preguntó Jenny.

—No, pero hay una o dos jardineras. Me gustaría que plantáramos geranios, verdaderos geranios rojos. Así podremos soñar que estamos en Mallorca o en Grecia. ¿No es así, cielo?

—Lo que tú digas —replicó Fergus.

Geranios rojos. Jenny pensó que Fergus estaba

perdidamente enamorado de Rose y de pronto el simple hecho de estar con ellos le resultó insoportable. Se disculpó y se alejó. Durante el resto de la velada no volvió a cruzar palabra con Rose ni con Fergus.

No consiguió escapar de Fergus, que al día siguiente fue a verla mientras hacía la limpieza general de la glorieta.

—Hola, Jenny.

Jenny estaba quitando el polvo a una alfombra de junco cuando Fergus apareció inesperadamente a un lado de la glorieta y en un primer momento quedó paralizada.

—¿Qué quieres? —logró preguntar.

—He venido a verte.

—Te lo agradezco. ¿Dónde está Rose?

—Está en casa, lavándose la cabeza.

—Me pareció que tenía el pelo limpio.

—Jenny, ¿vas a escucharme o no?

La chica lanzó un suspiro y puso cara de resignación.

—Depende de lo que quieras decirme.

—Sólo quiero que comprendas, que entiendas cómo son las cosas. No quiero que te enfades. Quiero comprobar que, al menos, todavía somos capaces de hablar y de ser amigos.

—Vale, estamos hablando, ¿o no?

—¿Seguimos siendo amigos?

—Claro, amigos, siempre amigos. Seguimos siendo amigos nos hagamos lo que nos hagamos.

—Y yo, ¿qué te he hecho?

Jenny lo miró con expresión acusadora y arrojó la alfombra al suelo.

—De acuerdo, Rose no te cae bien. Será mejor que lo reconozcas.

—Rose me trae sin cuidado porque no la conozco.

—En ese caso, ¿no te parece que hacer un juicio apresurado es algo injusto con Rose y conmigo?

—Me parece que no tengo nada en común con ella.

—Lo dices porque te aconsejó que abandones Creagan.

—¿Y por qué no se mete en sus asuntos?

La contrariedad de Fergus fue en aumento hasta alcanzar los niveles de la de Jenny. Ésta vio que su amigo tensaba los músculos de la mandíbula, señal familiar, y se alegró de que se hubiera enfadado. Hasta cierto punto alivió su dolor.

—Jenny, si permaneces aquí el resto de tu vida te convertirás en una cateta con una convencional falda de tweed y sólo podrás hablar de perros y de pesca.

Jenny se lanzó sobre Fergus.

—¿Quieres conocer mi opinión? Prefiero ser una cateta a una actriz de tercera categoría con la boca como un botón.

Fergus rió..., pero de Jenny, no con ella, y pronunció unas palabras imperdonables:

—Me parece que estás celosa. ¡Siempre supe que eras capaz de volverte intratable!

—¡Y tú siempre fuiste capaz de hacer el imbécil, pero hasta ahora yo no me había dado cuenta!

Fergus dio media vuelta y se alejó por el césped.

Jenny lo vio caminar y su acaloramiento se enfrió con la misma rapidez con que había estallado. Las palabras que se pronuncian con ardor y vehemencia están muy bien, pero no se pueden retirar. Nada volvería a ser como antes.

Jenny encontró trabajo en una tienda de Creagan que vendía jerséis de Shetland y collares de piedrecitas para turistas. En julio su madre le comunicó que Fergus y Rose se habían prometido y que se casarían en septiembre en Londres, donde vivían los padres de ella. Sería una boda sencilla, a la que asistirían unos pocos amigos íntimos de Londres. Entretanto, habían regresado a Inverbruie y celebrarían otra fiesta. A Jenny le faltaba valor para asistir. Se repitió que, una vez que estuvieran casados, todo sería distinto. Jenny se convertiría en una persona activa y tal vez se iría al extranjero, conseguiría trabajo en un chalet de los Alpes franceses o como cocinera en un yate. Mientras tanto, tenía cada vez más frío y debía coger truchas para la cena. Se incorporó, caminó por la orilla cubierta de brezo, desató las amarras, introdujo el bote en el agua y empezó a remar.

Pescar era una actividad muy peculiar porque no te permitía pensar en otra cosa. Se internó en el lago, desarmó los remos y dejó que el viento la arrastrase hacia la orilla. La brisa agitaba la superficie del agua y Jenny arrojó el sedal.

Oyó el motor de un coche en la carretera, pero estaba demasiado concentrada para hacerle caso. Notó dos tirones y por fin un pez picó. Recogió delicadamente el hilo sin pensar en otra cosa. Sacó el pez del agua con la red y lo dejó caer en el fondo del bote.

Como si siguiera las instrucciones de un apuntador, oyó que alguien decía:

—Bien hecho.

Sorprendida por esa interrupción, Jenny alzó la cabeza y vio simultáneamente varias cosas sorprendentes: sin darse cuenta el viento la había empujado a pocos metros de la orilla; el coche que había oído había parado y estaba aparcado a corta distancia, y un solitario Fergus permanecía de pie en la orilla y la contemplaba.

Fergus no llevaba gorro y el viento alborotaba su oscura cabellera. Vestía una chaqueta de tweed y pantalón de pana metido en las botas de goma de color verde. No estaba preparado para pescar. Jenny permaneció en el bote que se mecía, lo miró y se preguntó si se había encontrado con ella por casualidad o si había ido a preguntarle por qué se negaba a asistir a la fiesta, a intentar convencerla de que cambiara de idea. Si la segunda conjetura era la correcta, tendrían otra discusión, otra pelotera y Jenny supo que prefería no volver a dirigirle la palabra en lugar de repetir el último y doloroso enfrentamiento.

Fergus sonrió y repitió:

—Bien hecho. Lo manejaste a la perfección. Yo no lo habría hecho mejor.

Jenny no respondió. Se ocupó de recoger el sedal suelto y de afirmar la mosca con lengüetas. Con gran cuidado depositó la caña en el fondo del bote y volvió a mirar a Fergus.

—¿Cuánto hace que estás aquí? —preguntó.

—Unos diez minutos. —Fergus se metió las manos en los bolsillos de la chaqueta—. Vine a buscarte. Tu madre me dijo que estabas aquí. Quiero hablar contigo.

—¿De qué?

—Jenny, no empieces a echar chispas. Acordemos una tregua.

Le pareció justo.

—De acuerdo.

—Ven a buscarme.

Jenny ni siquiera lo intentó, pero mientras hablaban el viento siguió arrastrándola hacia la orilla y al vacilar notó el primer golpe de la quilla contra las rocas. Sin dar tiempo a que Jenny se diera cuenta de lo que ocurría, Fergus vadeó el lago, sujetó la proa, pasó una larga pierna por encima de la borda y subió.

—Pásame los remos —dijo.

No le quedaba otra opción. Con un par de vigorosos golpes Fergus hizo virar la embarcación ligera y volvieron al centro del lago. Pasaron diez minutos hasta que Fergus echó un vistazo a su alrededor, decidió que estaban en un buen sitio, desarmó los remos y se levantó el cuello de la chaqueta para protegerse del viento frío.

—Y ahora hablaremos.

A Jenny le pareció sensato tomar la iniciativa:

—Supongo que mi madre te ha dicho que no quiero ir esta noche. Supongo que es de lo que quieres hablar.

—Sí, quiero hablar de ese tema y de otras cosas.

Aguardó a que Fergus se explayara, pero no dijo nada más. Se miraron a través de la bancada y súbitamente rieron. De pronto a Jenny la inundó una extraña satisfacción y paz. Hacía mucho que no estaba con Fergus en un bote, en medio del lago, rodeados por las conocidas colinas y el cielo convertido en un arco, hacía mucho que Fergus no sonreía de esa manera. Eso le hacía más fácil ser sincera no sólo con él, sino consigo misma.

—Ocurre, simplemente, que no quiero ir. No quiero volver a ver a Rose. Cuando estéis casados será distinto, pero de momento... —Se encogió de hombros y finalmente reconoció—: Me parece que es cobardía.

—Esta actitud no se corresponde contigo.

—Puede que tengas razón. Probablemente estoy hecha un lío. El día en que nos peleamos en la glorieta dijiste que estaba celosa y tenías razón. Me parece que siempre te consideré de mi propiedad, lo cual está mal, ¿no? Nadie puede pertenecer a otro ser humano, ni aunque estén casados.

—Nadie es una isla.

—Siempre creí que ciertas facetas del ser humano son una isla. No puedes colarte en el interior de la mente de otro.

—No, es imposible.

—Y tampoco se puede seguir siendo niño. Te guste o no hay que crecer.

—¿Conseguiste trabajo en Creagan? —preguntó Fergus.

—Sí, pero acabo en octubre, porque la tienda cierra hasta la próxima temporada. He llegado a la conclusión de que cuando termine seré muy emprendedora y buscaré trabajo muy bien pagado y lejos de aquí. En Estados Unidos o en Suiza. —Jenny sonrió con ironía—. Seguro que Rose está de acuerdo. —Fergus permaneció impasible. La contempló sin parpadear con sus ojos intensamente azules. Preguntó haciendo acopio de amabilidad—: ¿Cómo está Rose?

—No lo sé.

Jenny puso cara de sorpresa.

—Tienes que saberlo, al fin y al cabo está en Inverbruie.

—No está aquí.

—¿Qué...? —Un zarapito alzó el vuelo y emitió su penoso reclamo; el agua rompía contra las tablas del bote y las lamía—. Mamá me dijo...

—Se equivocó. Mi madre no dijo que Rose estuviera aquí y la tuya dio por sentado que había venido conmigo. No vamos a casarnos. Hemos roto.

—¿Roto? ¿Quieres decir que...? ¿Por qué mamá no me dijo nada?

—Porque no lo sabe. Aún no se lo he comunicado a mis padres. Quería que lo supieras antes que nadie.

Por algún motivo esas palabras la conmovieron tanto que Jenny sintió que estaba a punto de echarse a llorar.

—¿Por qué, Fergus, por qué?

—Tú lo has dicho, porque nadie puede pertenecer a otro ser humano.

—¿No la..., no la amabas?

—Sí, la quería mucho. —Fergus pronunció esas

palabras y Jenny no sintió celos, sino pena porque las cosas no hubiesen salido bien—. Cuando te casas, no sólo lo haces con una persona, sino con un estilo de vida y mi vida y la de Rose parecían discurrir paralelas, como las vías del ferrocarril, que jamás se encuentran.

—¿Cuándo ocurrió?

—Hace dos semanas. Por eso vine a pasar el fin de semana. Quiero dar una explicación a mis padres y que mi madre vea que no se me ha partido el corazón.

—¿Y no se te ha partido el corazón?

—Tal vez un poco, pero no lo suficiente para que se note.

—Rose te quería.

—Puede que durante un tiempo me quisiera.

Jenny titubeó y decidió decirlo:

—*Yo* te quiero.

En ese momento pareció que Fergus estaba a punto de echarse a llorar.

—Jenny, por favor.

—Más vale que lo sepas. Probablemente siempre lo has sabido. Jamás imaginé que pudiera decírselo a alguien, menos que a nadie a ti, pero por algún motivo no ha sido tan difícil. Lo que quiero decir es que no tienes que hacer nada, aunque es bueno que lo sepas. Nada ha cambiado. Encontraré ese trabajo maravilloso, dejaré Creagan y me perderé por el ancho, ancho mundo.

Jenny sonrió, a la espera de que Fergus hiciera lo mismo y aprobara su proyecto sensato y maduro, pero el joven matuvo la seriedad. La contempló detenidamente y Jenny notó que su sonrisa desaparecía ante la pena de la expresión de su amigo.

—No te vayas —pidió Fergus.

Jenny frunció el ceño.

—Fergus, me parce que es lo que querías que hiciera. Esperabas que dejara Creagan y aprendiera a valerme por mí misma.

—No soportaría que te fueras y que te valieras por ti misma —espetó sin rodeos.

—¿Y de quién quieres que me valga?

Lo absurdo de esa pregunta permitió que todo discurriese bien. Fergus se sorprendió y, a pesar de todo, rió irónicamente, tanto de sí mismo como de Jenny.

—No lo sé. Supongo que de mí. La verdad es que formas parte de mi vida hace tanto tiempo que no soporto la idea de que te vayas y nos dejes, de que me dejes. La vida se volvería insoportablemente aburrida. No tendría con quién discutir, a quién gritar ni con quién reírme.

Jenny se lo pensó y repuso:

—Si tuviese un mínimo de orgullo me iría. Soy el tipo de chica que no quiere ser amada en pleno choque emocional porque otra te ha dado calabazas.

—Si tuvieras un mínimo de orgullo no me habrías dicho que me quieres.

—Estoy segura de que ya lo sabías.

—Sólo sé que existías mucho antes de que apareciera Rose.

—¿Y qué fue Rose?

Fergus hizo silencio y preguntó indeciso:

—¿Una pausa en la conversación?

—Venga ya, Fergus.

—Creo..., creo que te estoy pidiendo que te cases conmigo. Ya hemos perdido bastante tiempo. Debería haber tenido la sensatez de proponértelo mucho antes.

—No, hace mucho habría sido prematuro. —De pronto Jenny habló con gran cordura—. Antes pensaba que me pertenecías. Como ya he dicho, ahora sé que nadie puede pertenecer a otro, al menos totalmente. Es extraño, pero sólo te das cuenta de lo valioso que es algo cuando crees que estás a punto de perderlo.

—Yo descubrí lo mismo —reconoció Fergus—. Es una suerte que nos hayamos percatado al mismo tiempo.

En medio del lago hacía cada vez más frío. Jenny se estremeció involuntariamente.

—Tienes frío —dijo Fergus—. Te llevaré a la orilla.

Cogió los remos, se orientó echando un vistazo por encima del hombro e hizo virar el pequeño bote.

Súbitamente Jenny se acordó de algo y añadió:

—Fergus, no puedo volver todavía. Sólo he pescado una trucha y necesitamos tres para la cena.

—¡Al diablo con la cena! Saldremos a cenar. Recogeremos a nuestros padres y os llevaré a todos al Creagan Arms. Podríamos descorchar unas botellas de champán y convertirlo en una fiesta de compromiso..., si estás de acuerdo.

Habían puesto rumbo a casa y regresaban al amarradero. El bote surcaba las aguas agitadas del lago. El viento soplaba a las espaldas de Jenny. Se levantó el cuello de la chaqueta, hundió las manos en los enormes bolsillos, sonrió a su amor y replicó:

—Me encantaría.

## Manuel Vázquez Montalbán

# Pigmalión

La había visto alguna vez recorrer las aceras del barrio con una cesta de paja entre útil y sofisticada, como su abrigo de sospechosa piel que disminuía aún más la pequeñez de sus facciones y se tragaba parte de una melenita artificial en lo lacio y lo dorado. Superpuesta sobre las restantes mujeres habituales de aceras y tiendas, acuarentadas de excesiva delgadez o gordura, de facciones y piernas cansadas, en flagrante olor a cotidiano, la muchacha parecía una desterrada o un prometedor animal de paso. Pero no la deseé hasta una tarde de invierno vencido, cuando la vi al otro lado de la acera esperando ensimismada la orden del semáforo, de un brazo le colgaba un niño, del otro un bolso excesivamente nuevo, blindado diríase al darle un rayo de sol sobre la coraza de pura piel de becerro. Entre el niño y el bolso quedaba ella, rubia, sin duda teñida, de cejas desencantadas, boca y pechos tristes, la sensualidad en las caderas y unas piernas para palpar con los ojos, altas y carnales. Buena para cometer adulterio, pensé, con un cierto remordimiento, en una morbosa situación de confianza traicionada, la de ella, la de su marido, probablemente la mía. El niño pendía del hilo de su mano, trotaba como un muñequito envuelto en una nube de colonia más eficaz que delicada, confiado como un príncipe primogénito abierto a la aventura de una tarde llena de tenderas cariñosas, chupa-chups, pellizcos y el lenguaje de adultos que fingen ser niños sin un mínimo de educación teatral. Era un niño de *spot* televisivo: rubio, flequillero, secundaba el desganado arrastre de su madre con un cierto fatalismo, moviendo la cabecita en todas direcciones como tratando de recordar en poco tiempo y para siempre lo que veía.

Ella no se me reveló del todo hasta la primavera, cuando se quitó el abrigo y un vestido de entretiempo enfundó su cuerpo justo, a la vez lleno de rincones y posibilidades. Volvía a estar allí con el niño y junto al semáforo, como si sólo se hubiera retirado un instante para quitarse de encima invierno y un abrigo de piel artificial. Casi sin concienciarlo, recorrí su mismo camino hacia el quiosco de diarios, pendiente de la tensión de sus piernas y sus caderas contra el estuche de una falda de lanilla tan buenísima como la piel del bolso. La dejé comprar un diario de la tarde y una revista situable a medio camino entre la astrología y la divulgación de *calité* sobre los diamantes más robados del mundo, pasando por alguna que otra ración de marxismo convencional aplicado a la interpretación del ciclo de novela burguesa de Thomas Mann. La seguí con su misma parsimonia de mujer cansada por una mañana repleta de labores domésticas, consciente de que el día iba a dar paso a la noche sin la menor posibilidad de sorpresa. Sus ojos buscaban inútiles dispersiones en el paisaje resabiado del barrio de renta limitada y el niño le colgaba como una obligación asumida, a veces reconocida en un apretón suave de la manita dotada de cinco vidas calientes y sudorosas. Reconocía yo a breve distancia su nuca alta entre las brechas de una melena excesivamente maltratada por los tintes, pero aún apetitosa en su caída, aún deseable como una corona dorada, penacho sobre un rostro de sexuada boca, como una ranura tierna y ávida. Reconocía su espalda corta y delgada, como hincada en unas caderas embutidas en la que imaginaba piel porosa, casi cárdena en las junturas húmedas, auténtico planeta entre el calor y el frío para una mano necesitada de la inmensa patria de un culo. Sus brazos largos prometían caricias de lenta llegada, cruces estilizadas sobre el propio cuerpo en protección de fáciles vencimientos o abrazos llenos de enervante torpeza, brazos equivocados de distancia, miopes de volumen. De vez en cuando me ponía a su altura para reconocer lo fugitivo de sus facciones pequeñas, la larga línea de garganta y senos, apenas sostenida por un pezón muy sólido, luego sabría que excesivamente mamado bajo el consejo de un pediatra a la antigua usanza. Vientre plano, amenazantes huesos de caderas, como asas, y aquellas piernas inacabadas, llenas de longitud y de carne.

Luego la seguí en su vía crucis cotidiano por tiendas perfectamente imaginables: dos bolsas de leche, cuatro donuts de chocolate, una coliflor amarilla que más parecía ramillete de siemprevivas, tijeritas para las uñas, laca, spray, espuma para afeitar sin brocha, que sus ojos grises contemplaron escépticos antes de dejar caer en un capazo, en la certeza de que no habría motivos para confiar ni para desconfiar de sus atributos. Cruzamos la mirada cuando, en la puerta de la perfumería, flirteé brevemente con el niño agradecido y sonriente por la dedicación del forastero que trataba de ponerse a su estatura. También ella me agradeció la dedicación enseñándome unos dientes excesivamente separados e instó al niño para que correspondiese a mi saludo, lo que el pequeño hizo recurriendo a sus gracias de más seguro éxito. De reojo comprobé que ella me miraba con esa curiosidad de joven casada de barrio pequeñoburgués, nuevo y uniformado, donde el otro siempre es una sorpresa cuando se aproxima a menos de medio metro de distancia.

—Es muy vivo este niño.

—Para lo que le conviene —dijo, pero sonreía.

Entablé conversación y la proseguí caminando junto a ellos, sin asumir la sorpresa contenida con la que me miraba y los reojos cautos que repartía a derecha e izquierda. Para huir del marco peligroso para una situación que no le desagradaba, encaminó sus pasos hacia el parque, menos recelosa a medida que nos alejábamos del territorio de su estricta cotidianeidad. El niño la abandonó en cuanto divisó la silueta de un tobogán rojigualdo. Fue vano el vuelo de la madre para atraparlo, retenerlo como un punto de referencia o de apoyo moral. El niño nos dejó solos sobre nuestras piernas y no tuvimos otro remedio que ceder al recurso del banco de parque atardecido, donde nos dejamos caer con púdica distancia, fugitiva una sonrisa entre su nariz y su boca, tan relajado yo de cuerpo como tenso de alma.

No dio para mucho el tema del descuido del parque, ni el de las peculiaridades de un niño excesivamente contemplado en su condición de nieto primogénito de cuatro abuelos. Fue fácil pasar al tema de un cierto hastío por la rutina de la vida y ella tenía ganas de decirme que estaba cansada de recorrer tiendas con un niño colgado del brazo y de su aburrimiento.

—Me gustaría trabajar en algo.

O terminar de estudiar, añadió, mientras me observaba para comprobar el efecto que me provocaba su pasado cultural. Mi grata sorpresa propició el que me contara que casi había terminado el bachillerato entre desidias que sus padres aprovecharon para inducirla al oficio del matrimonio. Su marido era aparejador por las mañanas y por las tardes trataba de montar una urbanización por su cuenta y riesgo en una finca patrimonial milagrosamente cercana a la ciudad. Ella rezumaba esa prosperidad menor de joven matrimonio burgués compuesto por una mujer con cierta educación, vigilante de la propia dieta y saunadicta y por un hombre trabajador, de su casa al trabajo, del trabajo a casa, honrado, prudentemente emprendedor que antes de los cuarenta años ya ha conseguido poseer un chalet con piscina de cinco por diez metros y hace un viaje cada año al extranjero para ver porno en Copenhague o Disneylandia en Los Ángeles. Cuando le dije que yo daba clases en la universidad y que estaba escribiendo una edición crítica del pensamiento económico de Flores de Lemus, advertí que ante sus ojos aparecía el filtro purpúreo de la valoración intelectual y que se descomponía de su penúltima resistencia ante el extraño infiltrado en su tarde de primavera. El niño liberado y excitado se había convertido en nuestro mejor cómplice. Le propuse ayudarla a recuperar el correcto camino cultural perdido y ella me ofreció en bandeja la relación entre educación y erotismo.

—Si mi marido se entera de que vuelvo a estudiar... Odia a las mujeres sabihondas.

—¿Es muy reaccionario?

—¿Quiere decir muy revolucionario?

—No. Pregunto si es muy conservador.

—Él dice que no.

Miraba ella una piedrecita gris e inmotivada a la que no llegaba la punta de su pie. Buscaba las palabras justas para ejecutar a su marido sin perder el decoro.

—Pero lo es.

Y alzó su rostro amalvado por el crepúsculo y la sonrisa para decir:

—Todos los hombres lo son, ¿no?

—No tengo nada que conservar.

—¿Es usted soltero?

—Soy casado, pero no ejerzo. Estoy separado.

—¿Tiene hijos?

La pregunta iba envuelta en dedicación y lástima por un corazón, el mío, sin duda destrozado por una vida familiar rota.

—Lo importante es que esta tarde empieza usted las clases particulares.

—¿Con quién?

—Conmigo.

—Soy muy gandula. Necesito que me estimulen.

—La ayudaré. Le tomaré la lección cada tarde.

La broma fue lo suficientemente ambigua como

para que me permitiera citarla al día siguiente por la tarde en el mismo parque. Le llevé dos libros de seguro éxito: *La balada del café triste*, de Carson McCullers y *Principios Fundamentales de Política*, de Montenegro. No se esperaba un asalto semejante, ni que yo tuviera perfectamente calculados y experimentados los efectos de tales lecturas. Los relatos de Carson McCullers le harían suponer una hipersensibilidad hasta entonces desconocida, directamente conectada con la mía, como si por el mero hecho de leerlos ya perteneciera a la comunión de los seres más sensibles y entrañables de este mundo. En cuanto al breviario de formación política, la introduciría en un caos de formulaciones conceptuales, en todo opuesto a la jerarquización de valores usados en la construcción de una vida de renta limitada, con segunda residencia en el campo y algún que otro viaje en busca de porno e imaginación. La siembra de la duda política me había aportado en el pasado resultados inestimables, entre mujeres que consideraban que la castidad era uno de los principios fundamentales del franquismo y que a través de convulsiones políticas se prestaban a una segunda fase de politización por vía vaginal.

Le apliqué sistemáticamente el plan de seducción cultural, adaptando a sus peculiaridades experiencias anteriores, modificando el método en función de las necesidades de Irene. Proseguí el tratamiento a base de relatos sensibles y divulgación democrática, antes de enfrentarla a libros de poemas incitadores al compromiso o ensayos como *El segundo sexo*, que ya exigían una decidida voluntad de perdición por los morbosos pasillos de las verdades prohibidas. La lectura del libro de la Beauvoir precipitó las consecuencias. Los déficit lingüísticos de Irene la obligaron a entregarse a mi asesoría, a confiar en mí como en un sacerdote poseedor del latín y con él del lenguaje único para comunicarse con las divinidades. Pronto advertí que pese a la dimensión estrictamente intelectual y ajardinada de nuestros encuentros, las distancias físicas decrecían y nuestros muslos se juntaban para apoyar el mismo libro. Al tuteo siguió ese toque precipitado con las manos colgantes de brazos blandos y contenidos que subraya conceptos y llamadas aparentemente, pero que esconde la tentación del abrazo. Como si saliera de una grave enfermedad de estupidez burguesa, la convaleciente Irene mejoraba el color de su espíritu y su cuerpo se me acercaba con tanto apetito como su cerebro. Fue entonces cuando trabajé para hacerle incómodos nuestros encuentros al aire libre.

—Aquella señora que parece la mujer de un veterinario no nos quita el ojo de encima. Debe pensar que somos amantes.

—No. Si no estoy tranquila. Un día va a verme un vecino o un familiar. Y si mi marido se entera...

—Se entera, ¿de qué?

—De esto.

—¿De este cursillo de universidad a distancia?

Se echó a reír y me dio un golpe con la mano lenta, tanto que se quedó sobre mi hombro el tiempo suficiente para que yo la cogiera y la acariciara con un roce tan suave como nuestras relaciones hasta entonces. Ella no sabía dónde esconder la mirada y entonces abandoné su mano, articulé mi brazo con todas las consecuencias y pasé el dorso de mis dedos por su mejilla arrebolada. Después la mano en su caída se apoderó de la parte desnuda de su brazo y le apreté la carne dura y fría como transmitiéndole un mensaje de frustración y querencia. Para entonces ya me miraba tratando de que mis ojos o mis labios le dijeran lo mismo que mis dedos. Me puse en pie.

—Vamos. Aquí es imposible hablar.

Se adaptó a mi paso vivo y el niño trotaba colgado de su madre, quejándose a veces por la rapidez de la marcha. Me introduje en el portal de mi casa, llamé al ascensor, sin mirarle la cara, sin preocuparme por las posibles preguntas de su rostro. Dentro del ascensor nos miramos fijamente, yo con calculada mezcla de timidez y determinación, ella con mirada de primera noche de bodas. El niño se había sentado en el suelo de la cabina y contaba con sus deditos una quimérica cuenta de recuerdos o porque síes. Ya en casa, aparté libros y ropas para poder tumbarnos en el sofá. Le sonó roto el intento de decir simpáticamente: «Qué desorden», y en cuanto el niño se perdió en las cuevas del piso en busca de la aventura, mis manos tomaron posesión de su cuerpo con pasión de adolescente hambriento. El niño entraba a veces como si fuera un tren a cuatro patas, pero no concedía importancia al desorden de las ropas del que asomaban carnes como nuevas, especialmente aquellos senos de blancura casi lunar abotonados por pezones lilas. Traté de buscarle desnudeces más fundamentales y ella me contuvo con eficacia, rehízo sus ropas; como recuperándose de un mareo que le enrojecía las mejillas y los ojos, se puso en pie, tambaleándose.

—¿Tienes televisión?

—Sí. Al fondo del pasillo.

Cogió el niño al paso y se lo llevó. Oí ruido de puertas y sintonías, voces de televisor. Otra puerta cerrada. Apareció lenta, segura, rehaciendo o deshaciendo aún más su melena breve y desvaída, se desnudó de espaldas y de pronto me ofreció la exactitud de sus carnes, puntas y junturas antes de zambullirse como una nadadora en mi cuerpo, más para ocultarse que para entregarse. Fue un acto sin quejidos, con lenguaje de respiración y manos, que se repitió sin despegarnos, como si temiéramos que la distancia del parque volviera a plantearse como una premonición de separación para siempre. Luego, ella quiso fumar un cigarrillo según un ritual convencional que probablemente había asimilado en alguna lectura que yo no le había asesorado. Sólo suelen fumar los adúlteros después del amor y más de un adulterio ha sido intuido o descubierto porque tras la sexualidad matrimonial uno de los dos busca en el cigarrillo la nostalgia del otro cómplice. Momento temible el del cigarrillo, sobre todo cuando el *partenaire* tiene veleidades literarias y quiere cobrar la factura de la entrega con las monedas de la intimidad confidente. No me propuso que viviéramos siempre juntos, pero sí empezó a explicar su proyecto de futuro aún entonces disfrazado de crítica del pasado.

—Gracias a ti puedo volver a ser yo, ¿comprendes?

Temible, pensé. Pero la contemplación de su cuerpo tan deseado durante la fase de reciclaje educativo me compensaba de cualquier temor de caída en las arenas movedizas de la confraternización. Se vistió con suficiencia y me trató como una madre que promete al hijo un próximo retorno. Me había dominado sobre el sofá y se desquitaba de mis conferencias políticas y culturales asumiendo por primera vez un protagonismo indiscutible. Ya en aquel primer encuentro pude darme cuenta de la tentación de reproducir una vez más el modelo matrimonial. Aunque la veía marchar en parte como si fuera un juguete ya usado, también hubiera deseado que se quedara y despedí al niño como si fuera más mío que cuando subía en el ascensor sentadito sobre el vacío. Me molestó el que Irene me citara al día siguiente en el parque porque presentí el reflujo del remordimiento y un largo forcejeo moralizante entre la casada descarriada y el seductor de barrio. Inevitable. Toda la tarde siguiente la consumimos en el tira de mis deseos y el afloja de su razón. Irene había dispuesto de toda una noche para recuperar el complejo de culpa, para recordar lo mucho que trabajaba su marido, al fin y al cabo sin otra posibilidad de compensación por su parte que la exclusividad sexual.

—Si fuera económicamente independiente, ¿comprendes? Pero él me mantiene. Me paga hasta la peluquería.

—Yo no te propongo una traición, sino un acto de libertad. Ni tú, ni yo, ni él hemos escogido unas relaciones sociales y culturales a las que llamamos matrimonio.

—Oh, sí. Tú hablar sabes. Hablas muy bien. Me confundes.

Fingía entonces estar herido por tan despectivas

palabras y ella me consolaba hasta el borde del vencimiento, pero en cuanto tiraba de su mano para iniciar el camino hacia casa, recuperaba el esqueleto y se resistía como una mula obcecada. No vacilé en utilizar los recursos más tópicos: adiós pues, eres una cobarde, tienes alma de esclava, maldita la vida si no nos permite ni un acto irresponsable, no podemos vivir eternamente pendientes de los contratos, etc., etc. Mi tratamiento culturalizador había sido demasiado corto, se notó en la ineficacia de mis reclamos para escalar las murallas de Jericó de la moral convencional. Desalentado, le arranqué una cita para el día siguiente, a la que no acudió. El techo de mi habitación devolvía mi perplejidad ante la ambigüedad de mis sentimientos en parte colmados por la aventura saciada, en parte frustrados por tan rápido final. Dos días después de una de estas perplejidades me arrancó el timbre: Irene y el niño colgante quedaron sorprendidos, sonrientes, destapados cuando yo abrí la puerta. Por el tartamudeo de mi corazón y de mi estómago descubrí que era inmensamente feliz.

Semanas después las yemas de mis dedos hubieran podido evocarla en todas sus esquinas. Aquella cérea piel de lujo, apretada, restallante, el cuello asumido por mi mano y dirigiendo hacia mi cuerpo la boca llaga, la lengua breve, aguda, a veces una eternidad de tacto goloso y absorbente. El amor civilizado cara a cara o el amor de vencedor y vencido con las carnes de ella a cuatro piernas empujada por un jinete encorajinado e indiscutido; el amor experimental de abajo arriba o el caprichoso asalto sobre una mesa de comedor llena de fichas sobre las proféticas ciencias de

Flores de Lemus. El intercambio del cuerpo seguía completado con el cultural. Mis libros iban y volvían y yo notaba el enriquecimiento de la sabiduría convencional de Irene, su asimilación del lenguaje críptico, su progresiva capacidad de hablar de Hemingway como de un amigo de la familia o de sentenciar la obsolescencia del gaullismo cuando Giscard d'Estaing ganó la partida a Chaban Delmas en la pugna por la candidatura presidencial tras la muerte de Pompidou.

—Es otra derecha —me atreví a decir—. Tiene un largo aprendizaje negociador con la izquierda. No es como aquí, que siempre ha tenido fácil el recurso del exterminio.

—La derecha siempre es la derecha —me contestó Irene en un tono de voz de profesora no numeraria militante en un grupo ML. No me sorprendió pues que pocos días después me dijera que intentaba ingresar en la universidad acogiéndose a los exámenes para mayores de veinticinco años.

—¿Qué quieres estudiar?

—Psicología.

—No te lo aconsejo.

—¿Por qué?

—Toda mujer casada que se matricula en psicología busca resolver sus propios problemas psicológicos.

—Pues haré ciencias económicas.

—Dios mío, me harás la competencia.

—Burro. Pero qué burro eres.

No exagero si me atribuyo buena parte del éxito de Irene en los exámenes de entrada en la universidad. Durante dos meses las relaciones sexuales fueron decreciendo en relación directa a la intensidad de clases particulares que le impartí, con corrección de trabajos y elaboración de temas incluidos. El niño seguía siendo el habitante de la caverna televisiva o un espectador desinteresado de nuestras clases particulares. Sólo de vez en cuando, entre cansancios de la mente, nuestros cuerpos se desnudaban y yo recuperaba su peso tibio entre mis brazos, aunque no su cabeza: anclada con la boca llaga y la lengua como un látigo o una marea de placentera humedad. Cuando mi mano le proponía el viaje sobre mi cuerpo, la cabeza de Irene se bloqueaba, como si se le hubiera roto el flexor del cuello y en sus ojos leía una no confesada repugnancia por emplear en menesteres de excitación o balsamización sexual una lengua capaz de recitar la teoría del valor según Ricardo.

Pasó casi todo el verano en el chalet comprado gracias a la laboriosidad del marido. Ya tenía en el bolsillo el apto para el acceso a la universidad y vivía concentrada como un deportista en un esfuerzo de formación permanente para llegar en forma al comienzo de curso. Avisó al marido de lo que le esperaba y me contó su reacción en uno de los escasos encuentros desnudos que tuvimos durante aquel verano, en un hotel lleno de holandeses, a medio camino entre su chalet y un apartamento que yo había alquilado en la costa.

—Lo ha encajado estupendamente. Dice que me comprende y que hago muy bien. Me ha sorprendido. Es un gran tipo.

No tuvo tiempo que perder en espera de recuperaciones. Hizo el acto sexual una vez, con ciertas características de ultimátum o de ejecución sumarísima. Se había desnudado sin misterio y se vistió como si hubiera oído el: Viajeros al tren. Cuando volvió con las primeras lluvias me telefoneó más que me vio. Como la luz del gas que se apaga lentamente, la transición del vernos al no vernos ni siquiera fue perceptible. De pronto me di cuenta de que ya no la veía, de que mi barrio había vuelto a ser una encrucijada de idas y venidas entre tedios y cansancios. Cebé mis ojos en una muchacha pelirroja que siempre corría urgida por ignoradas prisas, regalando el trote casi sonoro de dos pechos obsesivos. Pero un día la vi de muy cerca y, como un maníaco sexual inconsciente, me pareció demasiado joven para un hombre como yo, incapacitado para las alegrías aceleradas, y la dejé pasar como sin duda el vampiro de Düsseldorf o Jack *el Destripador* dejaron pasar generosamente más de una vez a una víctima ignorante de que podía haberlo sido.

Desdichada servidumbre la del hombre que ha leído demasiados libros y confunde la ética con la estética. No me parecía moral acosar a Irene, ni siquiera espiar sus paseos con el hijo colgante. Así que me dediqué a una traductora suiza empleada en una revista de productos farmacéuticos y reinicié el expediente de una sexualidad exclusivamente aplicada a la relación entre el hambre y la posibilidad de comer. Recuperé mi tendencia a las partidas sexuales simultáneas: la traductora suiza el lunes o miércoles, una ex compañera de curso los jueves y algunos fines de semana, una ex campeona de patinaje artístico, a la que conocí en una manifestación pro amnistía, y que tenía disponibles todos los sábados por la mañana, a partir de las siete treinta. Recordaba a Irene no sólo como una aventura amorosa, sino como una propuesta de comportamiento, es decir, como una mujer que me había obligado a asumir un determinado rol de comediante, hasta el punto de convertirlo en mi más deseada personalidad. Descubrí que hubiera querido incluso convivir con ella, con el niño, reincidir en la mecánica de los gastos cotidianos compartidos, recuperar las raíces en horas fijas, como se recupera la cama, los zapatos, el coche, el paraguas.

No volví a verla hasta tres años después. Algo más descuidado su cabello, no muy al día su vestuario, el cuerpo más espléndido asomado a una treintena triunfal y mejorado el conjunto por insinuadas arrugas de frutal sazón: las ojeras le cansaban aquellos ojos grises y dos suaves líneas enmarcaban la boca llaga. Su forma de estar y andar, avalada por la esplendidez de sus caderas y sus piernas, la hacían destacar en un grupo de mujeres que discutían en la puerta de una entidad cultural, recientemente abocada a un fatal proceso de democratización por imperativos de su junta directiva copada por empecinados izquierdistas. Irene hablaba con suficiencia, las demás escuchaban. El niño tenía ya casi diez años y ora escuchaba a su madre, ora se despegaba del grupo para tratar de arrancar el cartel anunciador de la conferencia de Tierno Galván sobre «Humanismo y Socialismo». Cuando los bedeles abrieron las puertas, Irene inició la marcha sin dejar de hablar e instintivamente tendió la mano para asir la de su hijo. Allí estaba. El niño se adhirió a su madre y la siguió como yo le había visto seguirla años atrás sobre las aceras de mi barrio. Con la cabecita movida en todas direcciones, como tratando de recordar para siempre todo lo que veía.

Me senté unas filas detrás de ella y elegí contemplarla. A través de sus reacciones viví la conferencia de Tierno Galván. Irene no estaba de acuerdo con el viejo profesor. Cabeceaba negando, se revolvía indignada, lanzaba codazos irónicos a su compañera de asiento, mientras en el otro lado el niño se había dejado caer de la butaca para ensayar sobre el frío suelo la imposible ficción de ser buzo. A la hora de las preguntas, Irene levantó su cuerpo hecho a la medida de habitación caldeada, como isla de invierno, y preguntó al conferenciante si asumía la tradición del socialismo reformista de Prieto o del socialismo revolucionario de Largo Caballero.

—Señorita...

—Ni señorita, ni señora. Irene a secas.

—Irene. Con la fama de tradicionalista que tengo no me haga asumir más tradiciones.

Por los gestos de la despechada Irene comprendí que estaba diciendo algo parecido a: es poco serio. Si hasta ahora ha hablado en serio, ¿por qué esta broma? Procuré salir cerca de ella y la cogí por el hombro en la escalera. Al reconocerme puso brillo de cariño en sus pupilas grises y por un momento me pareció que su boca se acercaba como por impulso que contuvo a tiempo. Mal cogidos mutuamente, fuimos empujados por los desocupantes, el niño nos seguía a remolque de los faldones del chaquetón de su madre. Irene me propuso ir a cenar.

—¿Y tu marido?

—Estamos separados. Hace tiempo.

Fue un breve, eficaz resumen de tres o cuatro años de su vida. Vivía de su trabajo, estaba acabando la carrera de historia, el marido le pasaba una generosa pensión por la manutención del niño. Ya no vivía en el barrio.

—Tengo un piso viejo y grande en el ensanche. Lo he decorado en plan salvaje. Me cuesta cuatro cuartos y es comodísimo. Estoy a un paso de todas partes. ¿Sigues viviendo en el barrio? A veces he vuelto, pero de paso. ¿Publicaste la edición crítica de Flores de Lemus? ¿Todavía no? Eres increíble. Se te va a adelantar Fuentes Quintana. En *Moneda y Crédito* he leído que prepara un estudio becado por la Fundación Juan March.

Pregunté al niño qué hacía. Me devolvió la misma sonrisa agradecida que años atrás. Se encogió de hombros como si no le importara ni a él ni a mí lo que hacía. Irene le instó a que me contestara con palabras y no con gestos. Dije que era igual. Debió brotar en un momento determinado un brillo de reclamo en mis ojos, porque Irene confesó de pronto:

—No vivo sola con el niño. Tengo un compañero.

—¿De juegos?

—Burro. Qué burro llegas a ser. Tengo un amante, coño. ¿Te gusta más así?

Hemos de vernos o llámame, una de las dos cosas, dijo cuando me despidió con un beso en la mejilla y me dejó en una mano, con inhibida desenvoltura, una publicación clandestina del Partido del Trabajo. Con la otra traté de acariciar la cabeza del niño, pero casi no pude. Se iba al trote al lado de una mujer a la que enseñé a escapar.

# Edith Wharton

## La imagen móvil

### I

La noticia de la muerte de la señora Grancy me llegó como el impacto de un inmenso error..., uno de los actos del más irreparable vandalismo del destino. Fue como si todo un conjunto de fuerzas de renovación se hubiera visto detenido por la trabazón de una rueda determinada. No es que la señora Grancy contribuyera con cualquier impulso perceptible a la máquina social: su única distinción es que llenaba a las mil maravillas su lugar determinado en el mundo. Hay mucha gente que son como estatuas mal colocadas, saliéndose de sus hornacinas en algún punto o dejándolas medio vacías en otro. La hornacina de la señora Grancy era la vida de su marido, y suponiendo que pudiera discutirse que el espacio no era lo bastante grande para dejar un gran hueco, yo sólo puedo decir, en última instancia, que esas dimensiones deben ser determinadas por mejores instrumentos que los de tipo estándar en cuanto a utilidad. Ralph Grancy era, en resumen, una utilidad sin cuerpo: una de esas influencias constructivas que, en lugar de cristalizar en formas definidas, permanecen como medio para el desarrollo de los buenos sentimientos y la claridad del pensamiento. Él regaba fielmente su propio y polvoriento retal de vida, y la fructífera humedad rebasaba sus límites. La vida de Grancy, siguiendo con la metáfora, era una parcela laboriosamente cultivada y su mujer, la flor que él había plantado en medio o, mejor dicho, el árbol que le proporcionaba descanso y sombra al pie, y el viento de los sueños en la copa.

Todos nosotros —su pequeño pero devoto grupo de seguidores— habíamos conocido un momento en que pareció que Grancy iba a fallarnos. Le habíamos observado enfrentándose a uno u otro obstáculo estúpido: mala salud, pobreza, incomprensión, y lo peor de todo para un hombre de su calidad, el estúpido e insidioso egoísmo de su primera esposa. Le habíamos visto hundirse bajo el pesado y plomizo abrazo de su afecto, como un nadador en el abrazo de un torbellino; pero en el momento más desesperado volvía a subir a la superficie, ciego, jadeante, pero luchando para llegar a la playa. Cuando por fin su muerte le dejó libre, nos preguntamos cuánto tiempo del hombre se había llevado ella consigo. Cuando quedó solo, se descubrieron parches resecos, como un árbol del que se ha arrancado un parásito. Pero gradualmente empezó a sacar hojas nuevas y cuando conoció a la dama que iba a ser su segunda esposa, su verdadera esposa, según supusimos los amigos, todo el hombre floreció.

La segunda señora Grancy pasaba de los treinta

años cuando se casó con él, y era obvio que había recogido la cosecha de la media alegría que nace de la desesperación joven. Pero si bien había perdido la apariencia de los dieciocho, había conservado su luz interior; si su mejilla había perdido brillo, sus ojos eran jóvenes gracias a la juventud almacenada en media vida. Grancy la había visto por primera vez en algún lugar de Oriente —creo que era la hermana de alguno de nuestros cónsules— y cuando se la trajo a Nueva York, apareció entre nosotros como una desconocida. La idea de que Grancy volvía a casarse nos impresionó. Después de lo pasado, la mayoría de los hombres hubiera huido de las brasas; pero pensamos que estaba predestinado a cometer disparates sentimentales, y esperamos resignados la personificación de su último error. Después llegó la señora Grancy... y comprendimos. Era la más bella y completa de las explicaciones. Apartamos de la vista nuestra derrotada omnisciencia y la enterramos apresuradamente bajo una generosa bienvenida. Por primera vez en muchos años nos quitamos a Grancy de la cabeza.

—¡Ahora hará algo grande! —profetizó el menos exaltado de nosotros.

El más sentimental corrigió:

—Ya lo ha hecho al casarse con ella.

Claydon, el pintor retratista, fue quien arriesgó la hipérbole y muy poco después, a petición del feliz marido, se preparó para defenderla en un retrato de la señora Grancy. Todos, incluso Claydon, estábamos dispuestos a conceder que lo insólito de Grancy era en cierto modo una cuestión de entorno. Sus gracias eran complementarias y necesitaba de la llamada del compañero para desvelar unas pinceladas de color bajo sus alas de tinte neutro. Pero si necesitaba a Grancy para interpretarla, ¡cuánto mayor era el beneficio que le proporcionaba! Claydon la describía profesionalmente como el marco perfecto para él; pero si bien ella definía, también ampliaba, y si se volcaba a la perspectiva, desbrozaba nuevas tierras, abría nuevos panoramas, reclamaba áreas completas de actividad que se hubieran perdido bajo el duro cultivo de la privación. Esa interacción de simpatías no carecía de expresión visible. Claydon no era el único en sostener que la presencia de Grancy, o la mera mención de su nombre, ejercía un efecto perceptible sobre el aspecto de su mujer. Era como si se moviera una luz, como si descorriera una cortina o, utilizando otra de las metáforas de Claydon, como si Amor, el artista infatigable, buscara perpetuamente una mejor «pose» para su modelo. Bajo esa luz interpretativa, la señora Grancy adquirió el encanto que transforma en un libro los rostros de las mujeres, en el que nunca se vuelve la última página. Siempre había algo nuevo que leer en sus ojos. Lo que Claydon leía en ellos —o por lo menos ciertas insinuaciones deshilvanadas del ritual que llegaban a él a través de las puertas del santuario—, su retrato nos lo reveló con el tiempo. Cuando se expuso el cuadro, se consideró enseguida como una obra maestra; pero quienes conocían a la señora Grancy sonrieron y dijeron que la había favorecido. No obstante, Claydon no se había dedicado a pintar a la señora Grancy de ellos, ni siquiera la nuestra, sino la de Ralph; y Ralph reconocía lo suyo a primera vista. Tan pronto como vio el retrato se dio cuenta de que Claydon había comprendido. En cuanto a la señora Grancy, cuando se le mostró el retrato terminado, se volvió al pintor y dijo simplemente:

—¡Ah, me ha pintado de cara al este!

Pese a todo su valor, la pintura pareció entonces un mero incidente en el despliegue de su doble destino, un simple pie de página en el texto ilustrado de sus vidas. No fue hasta mucho después cuando adquirió el significado de las últimas palabras pronunciadas en el umbral que no volvería a cruzar. Un año después de su matrimonio, Grancy había dejado su casa de la ciudad y había trasladado su felicidad a una hora de distancia, a un pequeño lugar entre colinas. Sus diversas obligaciones e intereses le llevaban con frecuencia a Nueva York, pero, lógicamente, nosotros le veíamos menos que cuando su casa nos había servido de punto de encuentro de entusiasmos afines. Lamentábamos que aquella influencia se nos hubiera retirado, pero todos comprendíamos que sus grandes atrasos de felicidad se pagaran en la moneda que él eligiera. La distancia desde la que esta afortunada pareja irradiaba calor sobre nosotros no era tan grande como para que la amistad no pudiera salvarla; y nuestra idea de un ocio glorioso se materializaba los domingos en la habitación de Grancy, con su sedante aspecto rural y el retrato de la señora Grancy iluminando sus cultos muros. El retrato mejoraba en aquel ambiente, y solíamos acusar a Claydon de visitar a la señora Grancy para contemplar el retrato. Él respondía diciendo que el retrato era la señora Grancy, y había momentos en que aquella declaración parecía incontestable. Uno de nosotros —creo que debió ser el novelista— llegó a decir que Claydon se había salvado de enamorarse de la señora Grancy gracias a haberse enamorado de su retrato: y era evidente que él, a quien su trabajo terminado le importaba menos que el boceto abandonado de una futura obra, mostraba una constante ternura por ese cuadro único. Sonreíamos después pensando con cuánta frecuencia, cuando la señora Grancy se hallaba en la estancia, su presencia se reflejaba en nuestra conversación como el brillo del cielo en un torrente, y Claydon, alejado de la mujer real, se quedaba sentado escuchando, como si escuchara al retrato. En aquel momento su actitud sólo parecía parte de lo inhabitual de aquellas tardes pintorescas, cuando las combinaciones más familiares de la vida sufrían un cambio mágico. Cierta felicidad humana es como un lago cerrado, pero el de Grancy era un mar abierto, extendiéndose sobre una superficie ilimitada al encuentro de los intereses viajeros de la vida. Había espacio de sobra en aquellas aguas para todos nuestros destinos separados; y siempre, más allá de la puesta del sol, era un espejismo de islas afortunadas hacia las que miraban nuestras proas.

## II

Tres años más tarde me enteré en Roma de su muerte. La esquela decía «repentinamente» y me alegré de ello. Me alegré también, quizá cobardemente, de estar lejos de Grancy en un momento en que el silencio parecería obtuso y las palabras ridículas.

Aún seguía en Roma cuando él llegó de pronto unos meses más tarde. Había sido nombrado secretario de Legación en Constantinopla e iba camino de su destino. Había aceptado el puesto, confesó con franqueza, «para escapar». Nuestras relaciones con aquel país mostraban una perspectiva de trabajo duro, y me explicó que eso era lo que necesitaba. No podía conformarse con estar sentado entre las ruinas. Me di cuenta de que, como la mayoría de nosotros en momentos de extrema tensión moral, representaba un papel, comportándose como creía que correspondía al hombre que se encontraba en el centro del desastre. La instintiva actitud de dolor es un compromiso variable entre desafío y postración; y el orgullo siente la necesidad de adoptar una actitud más digna ante semejante enemigo. Grancy, meditabundo y retrospectivo por naturaleza, había elegido el papel de hombre de acción que devuelve golpe por golpe y presenta un pecho armado a los embates del destino, y lo completo de su equipo testificaba su debilidad interna. Hablamos sólo de aquello en lo que no pensábamos, y al cabo de unos días nos despedimos con una sensación de alivio que demostraba lo poco adecuada que era la amistad para representar en semejantes situaciones el papel tradicional.

Poco después, mi propio trabajo me hizo volver a casa, pero Grancy permaneció varios años en Europa. La diplomacia internacional mantuvo su promesa de proporcionarle trabajo, y durante el año en que actuó de *chargé d'affaires* lo hizo bien, en circunstancias difíciles, con evidentes muestras de celo y discreción. Una reestructuración política le retiró de su puesto cuando acababa de demostrar su utilidad al gobierno; y el verano siguiente oí que había vuelto y que estaba en su casa de campo.

Le escribí a mi regreso a la ciudad, y me contestó a vuelta de correo. Me escribía como si me hablara, insistiendo en que pasara con él el próximo domingo, sugiriéndome que trajera conmigo a cualquiera del antiguo grupo que lograra convencer. Me pareció una buena señal pero, sinceramente, me sentí algo decepcionado. Quizá pensamos siempre que el dolor de nuestros amigos debería conservarse como esos monumentos históricos de los que periódicamente se arranca la hiedra que los envuelve.

Aquella misma noche me tropecé con Claydon en el club. Le hablé de la invitación de Grancy y le propuse que fuéramos juntos; pero él alegó un compromiso anterior. Me dolió porque siempre tuve la impresión de que él y yo estábamos más cerca de Ralph que los otros, y si íbamos a reanudar las viejas visitas de los domingos, hubiera preferido que nosotros dos fuéramos los primeros en estar solos con él. Así se lo dije a Claydon y me ofrecí a ajustar mi horario al suyo, pero se negó en redondo.

—No quiero ir a casa de Grancy —me espetó. Esperé un momento pero no añadió nada más.

—¿Le has visto desde que regresó? —terminé preguntándole.

Claydon asintió.

—¿Y lo has encontrado muy mal?

—¿Mal? No, está perfectamente.

—¿Perfectamente? No creo que pueda estar perfectamente a menos que haya cambiado por completo.

—Oh, ya lo verás —respondió Claydon con desconcertante énfasis.

Su ambigüedad empezaba a exasperarme y me sentí como apartado de algo a lo que tenía el mismo derecho que él.

—Supongo que ya has estado allí.

—Sí, he estado allí.

—¿Y os habéis peleado, habéis acabado con vuestra relación?

—¿Peleado? ¡Ojalá lo hubiéramos hecho! —Se levantó nervioso y apartó de un manotazo la revista que había estado leyendo hasta que llegué.

—Mira —me dijo plantándose frente a mí—, Ralph es la mejor persona del mundo y no hay nada bajo el cielo que yo no hiciera por él..., excepto volver a su casa. —Y dicho esto, salió de la sala.

Claydon era lo bastante imprevisible como para que yo leyera una docena de significados diferentes en sus palabras; pero ninguna de mis interpretaciones me satisfizo. En todo caso, decidí no buscar a otro compañero y el domingo siguiente viajé solo a casa de Grancy. Me esperaba en la estación y enseguida me di cuenta de lo mucho que había cambiado desde la última vez que nos habíamos visto. Entonces tenía un aspecto combativo, pero ahora, en el caso de que él y el dolor aún convivieran, ya no era como enemigos. Físicamente, la transformación también era acusada pero menos tranquilizadora. Aunque el espíritu triunfaba, el cuerpo mostraba las cicatrices. A los cuarenta y cinco años estaba encorvado y canoso, con el andar cansino de un anciano. Sin embargo, su serenidad no era la resignación de la edad. Vi que no se proponía abandonar el juego. Casi inmediatamente empezó a hablar de lo que antes nos interesaba; no con esfuerzo como en nuestro anterior encuentro, sino con naturalidad, en el tono de voz de un hombre cuya vida vuelve a discurrir por los antiguos cauces. Me reproché el haber desconfiado de su poder de recuperación, pero mi admiración por su reserva de fuerzas estaba ahora impregnada por la sensación de que, después de todo, una felicidad como la suya debía de pagarla con su última moneda. La sensación fue en aumento al acercarnos a la casa, y descubrí lo inseparablemente que estaba asociada su esposa con mi recuerdo del lugar, toda la escena no era sino una prolongación de aquella presencia vívida.

Dentro de la casa nada había cambiado y mi mano hubiera aceptado sin sorpresa su apretón de bienvenida. Era la hora de la comida y Grancy me llevó enseguida al comedor, donde las paredes, los muebles, la plata y la porcelana parecían un espejo en el que unos momentos antes se hubiera reflejado su rostro. Me pregunté si Grancy, bajo su recuperada sonrisa tranquila, ocultaba la misma sensación de su proximidad, si veía perpetuamente entre él y lo que le rodeaba su resplandeciente e intranquilo espíritu. Habló de ella una o dos veces, de un modo incidental, y su nombre pareció flotar en el aire después de haberlo pronunciado, como una cuerda que sigue vibrando. Si sentía su presencia era, evidentemente, como la de un médium envolvente, la atmósfera moral en la que respiraba. Nunca había visto cuán completamente sobreviven los muertos.

Después de la comida fuimos a dar un largo paseo

por los campos y bosques otoñales, y al anochecer volvimos a entrar en la casa. Grancy me precedió a la biblioteca, donde su mujer siempre nos recibía a esa hora junto al fuego y una taza de té. La estancia daba al oeste y perduraba en ella cierta luz cuando el resto de la casa ya estaba a oscuras. Recuerdo lo joven que parecía bajo esa luz dorada que irradiaba de su cabello y de sus ojos, o que dibujaba su juvenil figura al pasar ante las ventanas. De todas las estancias, la biblioteca era especialmente suya y ahí sentía yo que su presencia, su inmediatez, podía tomar forma visible. Pero de repente, cuando Grancy abrió la puerta, desapareció la sensación y noté como una resistencia al traspasarla. Miré a mi alrededor. ¿Había cambiado la habitación? ¿Había alguna mano sacrílega borrado las huellas de su presencia? No; también aquí todo seguía igual. Mis pies se hundían en la misma alfombra de Daguestán; las estanterías reflejaban la luz del fuego en las mismas hileras de hermosos libros encuadernados, su sillón seguía en el mismo lugar junto a la mesa, y en la pared opuesta me contemplaba su rostro.

Su rostro... Pero ¿era el suyo? Me acerqué algo más y me quedé contemplando el retrato. La mirada de Grancy siguió la mía y oí que se acercaba.

—¿Notas un cambio? —preguntó.

—¿Qué significa?

—Significa... que han pasado cinco años.

—¿Por ella?

—¿Por qué no? ¡Mírame! —Señaló sus canas y su frente arrugada—. ¿Qué crees que la mantenía tan joven? ¡La felicidad! Pero ahora... —La miró con infinita ternura—. Me gusta más así. Es lo que hubiera deseado.

—¿Hubiera deseado?

—Que envejeciéramos juntos. ¿Crees que le hubiera gustado quedarse atrás?

Me quedé sin voz, mientras mis ojos iban de las facciones marcadas por el dolor al rostro pintado. No estaba arrugada como él, pero un velo de años parecía haberse extendido sobre ella. Su resplandeciente cabello había perdido elasticidad, las mejillas su tersura, la frente su luz: toda ella se había apagado.

Grancy apoyó la mano sobre mi brazo y preguntó con tristeza:

—¿No te gusta?

—¿Gustarme...? ¡La he perdido! —estallé.

—Y yo la he encontrado —respondió.

—¿En eso? —exclamé con un gesto reprobatorio.

—Sí, en eso. —Se volvió hacia mí, casi desafiante—. ¡La otra se había vuelto una falsedad, una mentira! Así es tal como hubiera estado..., es decir, tal como es. Claydon debería saberlo, ¿no te parece?

Me volví súbitamente.

—¿Te hizo esto Claydon?

Grancy asintió.

—¿Después de tu regreso?

—Sí, le mandé buscar después a la semana de haber llegado... —Se volvió y dio una patada a las brasas. Le seguí, contento de dejar el cuadro a mi espalda. Grancy se dejó caer en un sillón junto a la chimenea de modo que la luz caía sobre su rostro sensible y cambiante. Echó la cabeza atrás, cubriéndose los ojos con la mano, y empezó a hablar.

## III

—Vosotros conocéis de sobra mi historia anterior para daros cuenta de lo que significó para mí el segundo matrimonio. Digo daros cuenta, porque en realidad nadie pudo comprenderlo. Siempre ha habido en mí la necesidad de un par de ojos femeninos que deberían ver conmigo, o de un pulso que debería latir al mismo tiempo que el mío. La vida es algo muy grande, por supuesto; un espectáculo magnífico, pero estaba cansadísimo de contemplarlo solo. No obstante, siempre es bueno vivir, y yo tenía suficiente felicidad, aunque de tipo pasajero. Lo que nunca había probado era la forma sencilla e inconsciente en la que uno respira como si fuera aire.

»Bueno, la encontré. Era como encontrar el clima en el que estaba destinado a vivir. Ya sabéis lo que era... cuán indefinidamente multiplicaba los puntos de contacto con la vida, cómo iluminaba las cavernas y comunicaba los abismos con un puente. Bueno, te juro (aunque supongo que el sentido de todo ello estaba latente en mí) que lo que solía pensar camino de mi casa al final del día era simplemente que cuando abriera esta puerta estaría sentada ahí, con la luz de la lámpara cayendo de cierto modo sobre un pequeño rizo en el cuello. Cuando Claydon la pintó, captó la mirada que solía levantar hacia mí cuando yo entraba. A veces me he preguntado cómo podía conocer su expresión cuando ella y yo estábamos solos. ¡Cómo disfruté con el cuadro! Yo solía decirle:

»«Ahora eres mi prisionera. Nunca te perderé. Si te cansaras de mí y me abandonaras, dejarías tu verdadero ser ahí, en la pared.» Una de nuestras bromas de siempre era que quizás algún día se cansaría de mí.

»Tres años de felicidad... y entonces murió. Fue algo tan repentino que no hubo cambio ni disminución. Era como si de pronto se hubiera vuelto fija, inmóvil, como su retrato. Era como si el tiempo se hubiera parado en su momento más feliz, como cuando Claydon había tirado sus pinceles un día diciendo: «No puedo hacer nada mejor».

»Me marché, como sabes, y he estado fuera cinco años. He trabajado tan intensamente como he podido y pasados los primeros meses negros, me invadió un poco de luz. De pensar que se hubiera interesado por lo que yo hacía, pasé a sentir que estaba interesada, que estaba allí y que lo sabía. No te estoy hablando con jerga psíquica; simplemente estoy tratando de expresar la impresión que sentí de que una influencia tan plena, tan intensa como la de ella, no pudiera pasar como lluvia de primavera. Habíamos vivido tan intensamente cada uno en el corazón y en la mente del otro, que la consciencia de lo que hubiera pensado y sentido iluminaba todo cuanto yo hacía. Al principio volvía tímidamente, como probando, como si no estuviera segura de encontrarme; después se fue quedando más y más tiempo hasta que por fin volvió a ser de nuevo el aire que respiraba. Hubo malos momentos, naturalmente, cuando su proximidad se burlaba de mí por la pérdida de la mujer real; pero la distinción entre las dos se fue borrando gradualmente y la mera idea de ella se hizo cálida como carne y sangre.

»Después volví a casa. Llegué en avión por la mañana y vine directamente aquí. La idea de ver su retrato me obsesionaba, y mi corazón latía como el de un enamorado cuando abrí la puerta de la biblioteca. Era por la tarde y la estancia estaba llena de luz, una luz que caía sobre su retrato, el retrato de una mujer joven y radiante. Me sonrió fríamente a través de la distancia que nos separaba. Tuve la impresión de que ni siquiera me reconocía. Y entonces me vi en aquel espejo de allí: un hombre vencido, de pelo gris, al que jamás había conocido.

»Y así vivimos juntos una semana... la extraña mujer y el hombre desconocido. Yo me sentaba noche tras noche frente a su retrato a interrogar su rostro sonriente; pero nunca obtuve respuesta. Después de todo, ¿qué sabía de mí? Estábamos irrevocablemente separados por los cinco años de vida que había entre nosotros. A veces, sentado aquí, casi llegué a odiarla; porque su presencia había alejado mi dulce fantasma, la verdadera esposa que había llorado, envejecido, luchado conmigo durante aquellos espantosos años. Fue la peor soledad que jamás había conocido. Y poco a poco empecé a notar una mirada triste en los ojos del retrato; una mirada que parecía decirme: «¿No ves que yo también me siento sola?». Y de pronto se me ocurrió que a lo mejor odiaba haberse quedado atrás. La recordé comparando la vida a un libro pesado que no podía leerse cómodamente a menos que lo sostuvieran entre dos personas. Y pensé también con cuánta impaciencia su mano hubiera vuelto las páginas que nos separaban. Así que me dije: «Es el cuadro lo que nos separa; es el cuadro el que ha muerto y no mi esposa. Estar sentado en esta habitación es como velar a un cadáver.» A medida que esta sensación fue creciendo en mí, el retrato se fue transformando en un hermoso mausoleo en el que la habían enterrado viva: podía oírla golpear junto a las paredes pintadas y pedirme ayuda con voz apagada.

»Un día me di cuenta de que ya no podía soportarlo más y mandé llamar a Clayton. Cuando llegó, le conté lo que había pasado y lo que quería que hiciera. De momento se negó en redondo a tocar el cuadro. A la mañana siguiente salí a dar un largo paseo y cuando volví a casa le encontré sentado aquí, solo. Me miró fijamente por un momento y luego dijo:

»«He cambiado de idea; lo haré.»

»Preparé una de las estancias que dan al norte para que le sirviera de estudio y estuvo allí encerrado un día entero; después me mandó llamar. El retrato estaba allí como lo ves ahora. Fue como si me recibiera en el umbral y me estrechara entre sus brazos. Traté de darle las gracias, de explicarle lo que significaba para mí pero me interrumpió tajante: «Hay un tren a las cinco, ¿verdad? —me preguntó—. Tengo una cena esta noche. Me queda el tiempo justo para llegar corriendo a la estación. Mándame mis cosas.» No lo he vuelto a ver.

»Puedo imaginar lo que le costó modificar su obra maestra; pero después de todo, para él no era sino un cuadro perdido, mientras que para mí era mi esposa recobrada.

## IV

Después de eso, durante más de diez días contemplé el extraño espectáculo de una vida de esfuerzo esperanzado y productivo basada en la estructura de un sueño. A los que veían a Grancy en aquel tiempo no les cabía la menor duda de que sacaba su fuerza y su valor de la sensación de participación mística de su esposa en su tarea. Cuando volví a verle unos meses más tarde, descubrí que el retrato había sido retirado de la biblioteca y colgado en un pequeño estudio que tenía arriba, al que había trasladado su mesa y algunos libros. Me contó que siempre se sentaba allí cuando estaba solo, reservando la biblioteca para sus visitantes del domingo. Naturalmente, los que echaron en falta el retrato no hicieron el menor comentario sobre su ausencia, y los pocos que conocían su secreto lo respetaron. Poco a poco, todos sus antiguos amigos se fueron reuniendo a su alrededor, y nuestros domingos por la tarde recobraron algo de su antiguo carácter; pero a Claydon no lo volvimos a ver.

Ahora, volviendo la vista atrás, creo que Grancy perdió facultades desde que volvió a casa. Su espíritu invencible negaba y disfrazaba las señales de debilidad que después se hicieron patentes en mi recuerdo. Parecía disponer de una inagotable reserva de vida en que apoyarse, y más de uno de nosotros creía en aquella superfluidad.

No obstante, cuando un verano regresé de mis vacaciones en Europa y me enteré de que había estado al borde de la muerte, comprendí inmediatamente que habíamos creído que se encontraba bien sólo porque deseaba que lo creyéramos.

Me apresuré a visitarle y le encontré en mitad de una lenta convalecencia. Entonces comprendí que le habíamos perdido, y él leyó mi pensamiento.

—Ahora soy viejo, no nos engañemos —me dijo—. Supongo que tendré que tomármelo con calma a partir de ahora; pero todavía no necesitamos que nos remolquen.

Ese plural me llamó la atención e involuntariamente miré el retrato de la señora Grancy. Centímetro a centímetro vi mi miedo reflejado en él. Era el rostro de una mujer que sabe que su marido está muriendo. Me quedé de piedra al pensar en lo que Claydon había hecho.

Grancy había seguido mi mirada y dijo a media voz:

—Sí, ha cambiado. Durante meses estuve que si me voy o no me voy... luchamos mucho tiempo y fue mucho peor para ella que para mí. —Después de una pausa añadió—: Claydon ha sido muy bueno; tiene tanto trabajo que pocas veces puedo verle, pero cuando el otro día le mandé llamar, vino enseguida.

Guardé silencio y ya no volvimos a hablar de la enfermedad de Grancy; pero cuando me despedí me pareció que era como dejarle solo con su condena de muerte.

Cuando volví a visitarle parecía estar mucho mejor. Era domingo y me recibió en la biblioteca, de modo que no volví a ver el retrato. Continuó mejorando y hacia la primavera empezamos a pensar que, tal como él había dicho, todavía viajaría un buen trecho sin que le remolcaran.

Una noche, de regreso en la ciudad, después de una visita que había confirmado mi esperanza, encontré a Claydon cenando solo en el club. Me pidió que cenara con él, y a la hora del café nuestra conversación giró sobre su trabajo.

—Si no tienes demasiado trabajo —le dije por fin—, deberías arreglártelas para volver a visitar a Grancy.

—¿Por qué? —preguntó levantando rápidamente la vista.

—Porque está muy bien —le respondí con un poco de crueldad—. El pronóstico de su mujer era equivocado.

Claydon se me quedó mirando y luego afirmó con una sonrisa que me dejó helado:

—Oh, ella lo sabe bien.

—¿Entonces te propones dejar el retrato tal como está? —insistí.

—Todavía no me ha mandado llamar —dijo, encogiéndose de hombros.

Se acercó un camarero con los puros, y Claydon se levantó y fue a reunirse con otro grupo.

Quince días más tarde me telegrafió el ama de llaves de Grancy. Me esperaba en la estación con la noticia de que «se había sentido mal» y los médicos estaban con él. Tuve que esperar un buen rato en la biblioteca desierta antes de que aparecieran los médicos. Tenían el aspecto desconcertado de los empíricos que han sido sustituidos por el Gran Hacedor; y yo esperé el tiempo necesario para oírles decir que Grancy no sufría y que mi presencia no podía hacerle ningún daño.

Le encontré sentado en el sillón de su pequeño estudio. Me tendió la mano con una sonrisa, y dijo:

—Ya ves que ella tenía razón.

—¿Ella? —repetí perplejo.

—Mi mujer. —Y señaló el retrato—. Naturalmente, desde el primer momento supo que no había esperanza. Me di cuenta —bajó la voz—, después de que Claydon estuvo aquí. Pero al principio me costó creerlo.

Le estreché las manos y le supliqué:

—¡Por el amor de Dios, no lo creas ahora!

—Es demasiado tarde —respondió moviendo suavemente la cabeza—. Hubiera debido darme cuenta de que ella lo sabía.

—¡Pero, Grancy, escúchame! —empecé a decirle, pero al momento me callé. ¿Cómo podía convencerle? No teníamos ningún argumento en común, y después de todo a él le sería más fácil morir creyendo que ella lo había sabido. Curiosamente, vi que Claydon se había equivocado.

## V

Grancy me había nombrado uno de sus albaceas y mi socio, con mucho trabajo a la sazón, me rogó que asumiera la tarea de hacer que se cumplieran los deseos de nuestro amigo. Eso me colocó en la necesidad de informar a Claydon que le había sido legado el retrato de la señora Grancy; me contestó a vuelta de correo que mandaría a buscar el retrato inmediatamente. Yo me encontraba en la casa desierta cuando se llevaron el retrato; y cuando se cerró la puerta tras él sentí que también había desaparecido la presencia de Grancy. ¿Le había llegado el turno de seguirla, y podía un fantasma aparecerse a otro?

Durante uno o dos años no supe nada más del

cuadro y, aunque de tanto en tanto me encontraba con Claydon, teníamos poco que decirnos. No tenía quejas concretas contra él y traté de recordar que había hecho algo maravilloso sacrificando su mejor cuadro en beneficio de un amigo, pero mi resentimiento tenía toda la tenacidad de la sinrazón.

Sin embargo, una señora cuyo retrato acababa de terminar me rogó un día que fuera con ella a verlo. Me resultaba imposible negarme, y fui con menos resquemor al enterarme de que no era el único amigo al que había invitado. Cuando entré, los demás estaban agrupados alrededor del caballete, y después de participar en el coro de alabanzas di la vuelta y me paseé por el estudio. Claydon era un coleccionista y merecía la pena ver sus cosas. El estudio era una habitación alargada, tapizada, con una arcada y un cortinaje al fondo. Las cortinas estaban recogidas y dejaban ver una pequeña estancia con libros y flores y unas pocas piezas de bronce y porcelana. La mesa de té que había en esta habitación interior daba a entender que estaba abierta a cualquier visitante, y decidí entrar. Me llamó la atención un jarrón *bleu poudré*; luego me volví a examinar un Ganimedes de bronce y al hacerlo me encontré de cara al retrato de la señora Grancy. La miré desconcertado y ella me sonrió con toda su recobrada y radiante juventud. El artista había borrado toda huella de sus últimos retoques y había reaparecido la pintura original. Brillaba sola en la pared recubierta de madera, afirmando su brillante supremacía sobre su bien elegido entorno. De momento pensé que toda la habitación era tributaria, que Claydon había amontonado sus tesoros a los pies de la mujer amada. Sí... era a la mujer a la que amaba, no a su retrato; y comprendí mi instintivo resentimiento.

De pronto sentí una mano sobre mi hombro.

—¿Cómo has podido? —exclamé volviéndome.

—¿Que cómo he podido? Y por qué no iba a poder hacerlo... ¿Acaso ahora no me pertenece?

Me alejé impaciente.

—Espera un momento —dijo deteniéndome con el gesto—. Ya se han ido todos y quiero decirte algo. Bueno, ya sé lo que has pensado de mí... lo adivino. Supongo que imaginas que yo maté a Grancy.

Me sobresaltó su inusitada vehemencia:

—Creo que intentaste hacer algo muy cruel —le dije.

—¡Qué poco sabéis ver de la vida! —exclamó—. Siéntate un momento aquí, donde podamos verla, y te lo contaré.

Se echó a mi lado en la otomana y se quedó mirando el cuadro con las manos cruzadas sobre una rodilla.

—Pigmalión —empezó despacio— transformó a su estatua en una mujer real; yo transformé mi mujer real en un cuadro. Pensarás que es una pequeña compensación, pero es que tú no sabes lo mucho que una mujer te pertenece después de haberla pintado. Bueno, en todo caso, lo hice lo mejor que pude, le di lo mejor que hay en mí. Y a su vez ella dio a cambio lo que semejante mujer te da por el mero hecho de existir. Y después de todo me recompensó lo bastante haciéndome pintar como nunca volveré a hacerlo. Pero hubo una parte de ella que sólo era mía, y era su belleza; porque nadie la comprendió. Incluso para Grancy no era sino la expresión de sí misma... lo que el lenguaje es al pensamiento. Ni siquiera cuando vio el cuadro adivinó mi secreto. ¡Estaba tan seguro de que era sólo suya...! Es como si un hombre creyera que posee la luna porque la ve reflejada en el estanque frente a su casa.

»Bueno, cuando regresó y me mandó llamar para que modificara la pintura fue como si me pidiera que cometiera un asesinato. Quería que la transformara en una vieja... ella, que había sido tan divinamente joven. Como si un hombre que amara realmente a una mujer le pidiera que sacrificara su juventud y su belleza por su amor. Primero le dije que no podía hacerlo... pero después, cuando me dejó solo con el retrato, ocurrió algo curioso. Supongo que se debió a que sentía tanto afecto por Grancy que no quise negarme a lo que me pedía. En todo caso, mientras estaba allí, mirándola, pareció que me decía: «No soy tuya sino de él, y quiero que me hagas lo que él quiere.» Y así lo hice. Cuando el trabajo estuvo terminado me hubiera cortado la mano... Me imagino que te dijo que yo no volví para mirarlo. Creyó que estaba demasiado ocupado. Nunca comprendió.

»Y el año pasado volvió a llamarme, ¿te acuerdas? Fue después de su enfermedad. Me dijo que había envejecido veinte años y que deseaba que ella también envejeciera, que no quería dejarla atrás. Aquella vez todos los médicos creyeron que iba a ponerse bien, y él también lo creía; y también yo cuando le miré, pero cuando volví al cuadro... Bueno, ahora no voy a pedirte que me creas, pero te juro que fue el rostro de ella el que me dijo que se moría, y que quería que él lo supiera. Tenía un mensaje para él y me hizo dárselo.

Se levantó bruscamente y se dirigió hasta el retrato; luego volvió a sentarse a mi lado.

—¡Cruel! Sí, también, a mí me lo pareció en un principio, y si esa vez me resistí fue por él y no por mí. Pero los ojos de ella me atraían todo el tiempo y poco a poco me hizo que comprendiera. ¿De haber estado allí en persona (parecía decir) no se habría dado cuenta antes que nosotros de que estaba muriéndose? ¿No lo habría descubierto en su cara? ¿Y no sería terrible si ahora lo descubriera en otros ojos? Bueno, eso era lo que quería de mí y lo hice. Los mantuve unidos hasta el final. —Volvió a contemplar el retrato—. Pero ahora me pertenece... —repitió.

## Virginia Woolf

# El vestido nuevo

Mabel tuvo la primera sospecha seria de que algo censurable había en ella, cuando, al quitarse la capa, la señora Barnet le entregó el espejo y tocó los cepillos, llamando con ello la atención de Mabel, quizá de manera excesivamente clara, hacia todos los instrumentos para ordenar y mejorar el cabello, la piel, las ropas, que se encontraban allí, sobre la mesa tocador, con lo cual confirmó la sospecha de que realmente algo malo había en Mabel, algo realmente malo, sospecha que se hizo más y más fuerte, dominándola, a medida que subía la escalera, convirtiéndose en convicción cuando saludó a Clarissa Dalloway, y se fue directamente al extremo de la estancia, donde, en un rincón en penumbra, colgaba un espejo, en el que se miró. ¡No! No iba tal como debía ir. E inmediatamente la desdicha que siempre había intentado ocultar, la profunda insatisfacción —esa sensación que siempre había tenido, desde la infancia, de ser inferior a los demás— la envolvió, sin remedio, sin piedad, con una intensidad que Mabel no podía suavizar, tal como hacía cuando de noche despertaba en su casa, por medio de leer a Borrow o a Scott; debido a que todas esas mujeres, todos esos hombres, pensaban: «¿Qué es eso que lleva Mabel? ¡Qué aspecto tan horroroso presenta! ¡Ese vestido nuevo es repelente!», parpadeando al acercarse, y cerrando por fin los ojos, prietamente. Era su terrible insuficiencia, su cobardía, su sangre pobre y aguada lo que deprimía a Mabel. E inmediatamente toda la estancia, en la que durante tantas horas había planeado, juntamente con su modesta modista, la manera en que iría vestida, le pareció sórdida, repulsiva; y su propia sala de estar le pareció tronada, y su propia persona, en el momento de salir, hinchada de vanidad cuando tocó las cartas en la mesa del vestíbulo y dijo «¡Qué aburrido!», para presumir, todo eso le pareció ahora indeciblemente tonto, mezquino y provinciano. Todo esto había quedado absolutamente destruido, había quedado de relieve, había estallado, en el momento en que entró en el salón de la señora Daloway.

Lo que Mabel había pensado aquella tarde, mientras tomaba el té, cuando llegó la invitación de la señora Dalloway, fue que, desde luego, ella, Mabel, nunca podría ir a la moda. Era absurdo siquiera intentarlo —la moda significaba línea, estilo y treinta guineas por lo menos—, pero ¿por qué no ser original? ¿Por qué no ser ella misma, por lo menos? Y, levantándose, cogió aquel viejo libro de modas de su madre, un libro de modas parisino, de los tiempos del Imperio, y pensó que, en aquellos tiempos, las mujeres eran mucho más lindas, más dignas y más femeninas que ahora, por lo que se propuso —oh, qué insensatez— intentar ser como ellas, basándose realmente en la idea de ser modesta y anticuada, extremadamente encantadora, y abandonándose, sin la menor duda, a una orgía de amor hacia sí misma, que bien merecía represión, y se atavió de aquella manera.

Pero no osó mirarse al espejo. No podía enfrentarse con aquel horror, en su integridad, el estúpidamente anticuado vestido de pálida seda amarilla, con su larga falda y sus cortas mangas, y con aquel talle, y con todos aquellos detalles que tan encantadores parecían en el libro de modas, pero no en ella, no entre aquella gente normal y corriente. Se sentía como un maniquí de modas, en pie allí, para que la gente joven le clavara alfileres.

«Querida, si es realmente encantador», le dijo Rose Shaw, mirándola de arriba abajo, con aquel leve frunce satírico de los labios que Mabel había esperado. Rose iba vestida a la última, exactamente igual que todos los demás, como siempre.

Todos somos como esas moscas que intentan salvar, arrastrándose, el borde del plato, pensó Mabel, y repitió la frase, igual que si se santiguara, como si intentara encontrar una frase mágica que eliminara su dolor, que le permitiera soportar su angustia. Frases de Shakespeare, líneas de libros que había leído siglos atrás, acudían de repente a su mente siempre que sufría, y las repetía una y otra vez. Repitió «moscas intentando arrastrarse». Si era capaz de repetir estas palabras el número de veces suficiente, hasta el punto de ver las moscas, quedaría insensibilizada, fría, helada, atontada. Ahora podía ver las moscas arrastrándose lentamente para salir del cuenco de leche, con las alas pegadas; y Mabel se esforzaba y se esforzaba (en pie ante el espejo, escuchando a Rose Shaw), para inducirse a sí misma a ver a Rose Shaw y a cuantos allí estaban como moscas, intentando salir de algún sitio, o entrar en algún sitio, deleznables, insignificantes, afanosas. Pero Mabel no podía verles de tal manera, no, a los otros no podía verlos así. Así se veía a sí misma; ella era una mosca, pero los demás eran libélulas, mariposas, hermosos insectos, que bailaban, aleteaban, flotaban, en tanto que sólo ella se arrastraba por el plato, intentando salir de él. (La envidia y el despecho, los más detestables vicios, eran sus principales defectos.)

«Me siento como una sórdida, decrépita y horriblemente sucia mosca», dijo Mabel, con lo que consiguió que Robert Haydon se detuviera para escuchar esta frase, frase que Mabel había dicho para recuperar la seguridad en sí misma, mediante esta frase de mujer débil, con la que demostraba cuán serena era, cuán ingeniosa, y que en modo alguno se sentía ajena a nada. Y, desde luego, Robert Haydon contestó algo, muy cortés, muy insincero, lo cual Mabel advirtió al instante, y se dijo, tan pronto Robert Haydon se hubo alejado (palabras extraídas también de un libro), «¡Mentiras, mentiras, mentiras!». Las reuniones sociales, pensó Mabel, tienen la virtud de dar a las cosas un carácter mucho más real, o mucho menos real. Con velocidad de relámpago, Mabel vio el fondo del corazón de Robert Haydon, lo vio todo claramente. Vio la verdad. *Esto* era verdad, este salón, este yo, y lo otro era falso. El pequeño taller de la señorita Milan era terriblemente caliente, atufante, y sórdido. Olía a ropas y a coles hirviendo. Sin embargo, cuando la señorita Milan le puso el espejo en la mano, y Mabel se miró con el vestido puesto, terminado, una extraordinaria sensación de beatitud le invadió el corazón. Envuelta en luz, Mabel penetró en la existencia. Liberada de preocupaciones y de arrugas, cuanto había soñado acerca de sí misma estaba allí: una hermosa mujer. Durante un segundo (no osó mirarse más tiempo, ya que la señorita Milan quería saber cuál iba a ser la longitud de la falda), la estuvo mirando, enmarcada en caoba tallada en volutas, una encantadora muchacha de cabello gris y misteriosa sonrisa, el núcleo de su personalidad, su propia alma. Y no era solamente la vanidad, no era solamente el amor hacia sí misma, lo que la inducía a pensar que aquello era bueno, tierno y permanente. La señorita Milan dijo que la falda, realmente, no podía ser más larga; arrugando el entrecejo, en una consideración en la que centraba todas sus facultades, la señorita Milan dijo que, en todo caso, la falda debiera ser más corta. Y Mabel, de repente, se sintió rebosante de amor hacia la señorita Milan, queriéndola más, mucho más, que a cualquier otro ser del mundo, y de buena gana hubiera llorado de lástima por el hecho de que la señorita Milan tuviera que andar a gatas por el suelo, con la boca llena de alfileres, con la cara roja y los ojos saltones, por el hecho de que un ser humano tuviera que hacer aquello para servir a otro ser humano, y los vio a todos como meros seres humanos, y se vio a sí misma yendo a la reunión, y vio a la señorita Milan cubriendo con una funda la jaula del canario, o dejando que el canario cogiera con el pico un cañamón que la señorita Milan sostenía entre los labios, y el pensar en esto, en esta faceta de la naturaleza humana, con su paciencia y su estoicismo, con su contentarse con placeres tan pequeños, tan míseros, tan insuficientes, tan sórdidos, llenó de lágrimas los ojos de Mabel.

Y ahora todo se había desvanecido. El vestido, el cuarto, el amor, la lástima, el espejo con marco en volutas, la jaula del canario, todo se había desvanecido, y allí estaba ella, en un rincón del salón de la señora Dalloway, torturada, plenamente despierta ante la realidad.

Pero era tan sórdido, tan blandengue, tan mezquino, preocuparse tanto, a su edad y con dos hijos, por la opinión de la gente, y estar tan pendiente de ella, y no tener principios ni convicciones, y no ser capaz de decir, cual la otra gente, «¡Ahí está Shakespeare! ¡Ahí está la muerte! Todos somos gusanitos en el bizcocho de un capitán», o lo que la gente dijera.

Se miró rectamente en el espejo; se dio un golpecito en el hombro izquierdo; y salió de la estancia como si, desde todos los puntos, arrojaran venablos contra su vestido amarillo. Pero en lugar de hacerlo con expresión altanera o trágica —Rose hubiera tenido aspecto de Boadicea—, tenía aspecto de insensatez e inhibición, sonreía bobamente como una colegiala, y cruzó con torpe andar el cuarto, escabulléndose descaradamente, como si fuera un chucho apaleado, y miró un cuadro, un grabado. ¡Como si una fuera a las recepciones para contemplar cuadros! Y todos sabían por qué lo hacía: lo hacía impulsada por la vergüenza, por la humillación.

«Ahora la mosca está dentro del plato», se dijo a sí

misma—, precisamente en el centro, y no puede salir, y la leche —pensó, contemplando rígidamente el cuadro— le pega las alas.»

«Es tan anticuado», dijo Mabel a Charles Burt, obligándole a detenerse (lo cual, por sí mismo, irritaba a Charles Burt) cuando se dirigía a hablar con otra persona.

Mabel quería decir, o intentaba convencerse de que quería decir, que lo anticuado era el cuadro, y no su vestido. Y una palabra de elogio o de afecto de Charles lo hubiera significado todo para ella en aquellos instantes. Si Charles hubiera dicho solamente: «Mabel, estás encantadora esta noche», esto hubiera cambiado la vida de Mabel. Pero, para conseguirlo, Mabel hubiera debido hablar veraz y directamente. Desde luego, Charles no dijo nada parecido. Era la personificación de la malicia. Siempre adivinaba los pensamientos de los demás, especialmente cuando una se sentía mezquina, vil y débil mental.

«Mabel lleva un vestido nuevo», dijo Charles, y la pobre mosca fue empujada sin posible remedio al centro del plato. Mabel quedó convencida de que Charles quería, realmente, que se ahogara. Charles carecía de corazón, de amabilidad fundamental, y sólo tenía una apariencia de sentido de la amistad. La señorita Milan era mucho más real, mucho más amable. Lástima que una no pudiera sentir siempre esto, y mantenerse fiel a ello. «¿Por qué? —se preguntó Mabel, mientras daba a Charles una contestación excesivamente quisquillosa, permitiendo con ello que viera que estaba irritada, o, como decía Charles, "enfurruñada" ("¿Un poco enfurruñada?", dijo Charles, y se fue a reírse de ella con otra mujer, allá un poco más lejos)—, por qué —se preguntó Mabel—, no puedo sentir siempre de una misma manera, no puedo sentir con seguridad que la señorita Milan es como se debe ser y Charles no lo es, y mantener este criterio, y estar segura en lo tocante al canario y a la compasión y al amor, sin pensar todo lo contrario, en menos de un segundo, tan pronto entro en un cuarto lleno de gente?» Todo se debía, una vez más, a su carácter odioso, débil, vacilante, que siempre cedía en el momento crítico, y que no se interesaba seriamente en la conchología, la etimología, la botánica, la arqueología, en cortar patatas y verlas germinar como Mary Dennis, como Violet Searle.

Entonces la señora Holman, al ver a Mabel en pie allí, avanzó hacia ella. Desde luego, un vestido nuevo era algo que no merecía la atención de la señora Holman, ya que toda su familia estaba siempre cayéndose por escaleras o con la escarlatina. ¿Podía Mabel decirle si era posible arrendar Elmthorpe en agosto y septiembre? Ésta era una conversación que aburría mortalmente a Mabel, la enfurecía que la tratasen como a un agente de contratación de fincas o como a un mozo de recados, que se sirvieran de ella. Carecer de valor, esto era, pensó Mabel, intentando ampararse en algo duro, real, mientras procuraba contestar con sentido común, en lo tocante al cuarto de baño, a la fachada sur y al agua caliente en el piso superior de la casa. Y en todo instante podía ver porcioncillas de su vestido amarillo reflejadas en el espejo circular que las reducía al tamaño de botones de zapatos o de renacuajos, y era pasmoso pensar cuánta humillación y sufrimiento, cuánto odio hacia sí misma y cuántos esfuerzos, y cuán apasionados altibajos de sentimientos quedaban contenidos en algo tan menudo y barato. Y, lo cual era todavía más raro, esa Mabel Waring estaba separada, totalmente desconectada; y a pesar de que la señora Holman (el botón negro) estaba inclinada al frente, y le decía que su hijo mayor sufría una afección cardíaca producida por las carreras de atletismo. Mabel también podía ver a la señora Holman totalmente aislada, en el espejo, y era imposible que aquel punto negro, inclinado hacia adelante, gesticulando, consiguiera que el punto amarillo, solitariamente asentado, centrado en sí mismo, sintiera lo que el punto negro sentía. Y sin embargo, lo fingían.

«Es tan difícil conseguir que los muchachos se estén quietos»... Ésta era la clase de frase que una decía.

Y la señora Holman, que jamás podía merecer comprensión suficiente, y que se apoderaba codiciosamente de la poca que le otorgaban, como si fuera su derecho (aunque merecía mucha más por cuanto una hija suya, de corta edad, había regresado aquella mañana con una rodilla hinchada), tomaba la mísera oferta y la contemplaba con suspicacia, como si se tratara de medio penique, cuando en realidad hubiera debido ser una libra esterlina, y se lo guardaba en el bolso, por cuanto tenía que contentarse con aquello, a pesar de la tacañería y mezquindad que representaba, debido a que los tiempos eran difíciles, muy difíciles. Y la señora Holman se lanzaba, ofendida y gimiente, a hablar de la niña con las rodillas hinchadas. Ah, era trágica aquella codicia, aquel clamor de los seres humanos, igual que una hilera de corvejones graznando y agitando las alas en petición de simpatía, era trágico, ¡y lástima que no se pudiera sentir, y que sólo se pudiera fingir que se sentía!

Pero ataviada con aquel vestido amarillo, aquella noche, Mabel no podía extraer ni una gota más de comprensión. La necesitaba toda para ella. Sabía (seguía mirando aquel espejo, hundiéndose en aquella horrible y reveladora charca azul) que estaba condenada, que era despreciada, que la habían abandonado en aquel remoto lugar, debido a ser como era, debido a ser débil y vacilante, y le parecía que aquel vestido amarillo era como un castigo que había merecido, y que si hubiera vestido como Rose Shaw, un bello vestido ceñido, verde, con adornos de pluma de cisne, también lo hubiera merecido. Y pensó que no tenía modo de escapar. No, en manera alguna. Pero, al fin de cuentas, no toda la culpa era suya. Se debía a pertenecer a una familia de diez, a jamás contar con el dinero suficiente, a estar siempre escatimando y regateando; y su madre cargando siempre con grandes cestos de comida, y el linóleo desgastado en el borde de los peldaños, y sórdidas y pequeñas tragedias domésticas, una tras otra —aunque nada catastrófico, la cría de ovejas no rendía lo suficiente, pero tampoco era un rotundo fracaso, su hermano mayor se casó con una mujer de clase inferior, aunque no mucho—, nada romántico había en la familia, nada extremoso. Se marchitaban respetablemente en establecimientos de baños de mar; en todos ellos, incluso ahora, tenía una tía en algún que otro alojamiento, cuyas ventanas de la fachada principal no daban directamente al mar. Esto era algo muy propio de ellos, siempre tenían que mirar las cosas de soslayo. Y ella había hecho lo mismo, era exactamente igual que sus tías. Ya que todos sus sueños de vivir en la India, casada con un héroe como sir Henry Lawrence, con un forjador de imperios (la visión de un turbante nativo todavía le llenaba de románticos sentimientos), habían fracasado rotundamente. Se había casado con Hubert, quien tenía un seguro y subordinado cargo permanente en la administración de justicia, y se las arreglaban para vivir tolerablemente en una casa un tanto pequeña, sin servicio doméstico propiamente dicho, picadillo de carne cuando estaba sola, o únicamente pan con mantequilla, pero de vez en cuando —la señora Holman se había ido, después de calificarla de la mujer más seca, menos comprensiva y más desabrida que había conocido en su vida, absurdamente vestida, además, y se propuso contar a todos el fantástico aspecto que Mabel presentaba—, de vez en cuando, pensó Mabel, sentada en el sofá azul, y golpeando el almohadón a fin de causar la impresión de estar ocupada, debido a que no quería juntarse con Charles Burt y Rose Shaw, quienes hablaban como cotorras, y quizá se reían de ella, junto al fuego del hogar, de vez en cuando, vivía momentos deliciosos, como, por ejemplo, leyendo en cama, cual le ocurrió hacía pocos días, o en la arena, junto al mar, al sol, en Pascua de Resurrección —y ahora quería recordarlo—, junto a un gran matojo de pálida hierba que crecía allí en la arena, y se alzaba retorciéndose como un manojo de lanzas hacia el cielo, que era azul como un suave huevo de porcelana, firme y duro, y luego la melodía de las olas... «chist, chist...», decían, y los gritos de los niños que chapoteaban... Sí, fue un momento divino, y tuvo la impresión de que allí yacía ella, en la palma de la mano de una diosa que era el mundo, una diosa de corazón un tanto duro, pero muy hermosa, como un corderillo depositado en el altar (una pensaba cosas muy tontas, pero esto carecía de importancia siempre y cuando una no las dijera). Y, algunas veces, también con Hubert, y de manera totalmente inesperada —sin razón alguna, al cortar el asado durante el almuerzo del domingo, al abrir una carta, al entrar en un cuarto— había vivido momentos divinos, en los que se decía a sí misma (ya que a nadie más era capaz de decirlo): «Esto es esto. Esto ha ocurrido. ¡Esto es esto!» Y lo contrario resultaba igualmente sorprendente. Es decir, cuando todo estaba preparado de antemano —la música, el tiempo, las vacaciones, y concurrían todas las razones para ser feliz—, entonces nada ocurría. Uno no era feliz. Todo era insípido, exactamente eso, insípido.

¡A su desdichada manera de ser se debía, sin duda alguna! Siempre fue una madre inquieta, débil, insatisfactoria, una esposa blanda, que llevaba una vacilante vida de penumbra, en la que nada había que fuera muy claro o muy audaz, o que destacara en algo, al igual que les pasaba a todas sus hermanas y hermanos (con la excepción, quizá, de Herbert), que eran seres con sangre aguada y que nada hacían. Pero luego, en medio de aquella vida arrastrándose y reptando, se encontraba de repente en lo alto de una ola. Aquella desdichada mosca —¿dónde había leído el relato que se le venía constantemente a la memoria, referente a la mosca y al plato?— conseguía salir, luchando. Sí, tenía estos momentos. Pero, ahora que tenía cuarenta años, estos momentos se daban con menos y menos frecuencia. ¡Era deplorable! ¡No se podía soportar! ¡Era algo que la hacía sentirse avergonzada!

Mañana iría a la Biblioteca de Londres. Encontraría allí un libro maravilloso, útil y pasmoso, por pura casualidad, escrito por un clérigo, por un norteamericano del que nadie habría oído hablar. Y quizá paseara por el Strand y entrara, al azar, en una sala en la que un minero contara cómo es la vida en la mina, y de repente ella se transformaría en un nuevo ser. Quedaría absolutamente transformada. Vestiría uniforme; la llamarían Hermana Tal; jamás volvería a pensar en vestidos. Y, desde entonces, para siempre, tendría ideas perfectamente claras en lo tocante a Charles Burt y la señorita Milan, esta estancia y aquella estancia; y viviría, día tras día, siempre, igual que si yaciera al sol o cortara asado. ¡Pasaría!

En consecuencia, se levantó del sofá azul, y el botón amarillo en el espejo también se alzó, y agitó la mano en dirección a Charles y Rose, para demostrarles que le importaban un pimiento, y el botón amarillo salió del espejo, y todas las lanzas se reunieron en el interior de su pecho, mientras caminaba hacia la señora Dalloway, y mientras le decía: «Buenas noches.»

«Es muy pronto todavía...», dijo la señora Dalloway, siempre tan encantadora.

«Mucho me temo que debo irme —dijo Mabel Waring—. Pero —añadió con su voz débil y vacilante que sólo adquiría un sonido ridículo cuando intentaba infundirle fuerza— me he divertido enormemente.»

«Lo he pasado muy bien», dijo al señor Dalloway, a quien encontró en la escalera.

«¡Mentiras, mentiras, mentiras!», se dijo a sí misma mientras bajaba la escalera, y «¡totalmente dentro del plato!», se dijo a sí misma mientras daba las gracias a la señora Barnet por sus servicios, y se envolvía, bien envuelta, con el mantón chino que había llevado durante los últimos veinte años.

# Agradecimientos y copyrights

Los editores agradecen la autorización para reproducir los relatos enumerados a continuación. A pesar de que se han hecho todos los esfuerzos posibles para localizar a los propietarios de todos los derechos, de antemano rogamos disculpas por cualquier omisión involuntaria.

«Intuición femenina» de Isaac Asimov: copyright © Mercury Press, 1969. Traducción de Lorenzo Cortina.

«Profesor Miseria» de Truman Capote: copyright © Truman Capote, 1945. Renovado en 1973 por Truman Capote. Traducción publicada por acuerdo con Random House, Inc. Traducción de Juan Villoro cedida por Editorial Anagrama.

«La romántica» de Patricia Highsmith: copyright © Diogenes Verlag, AG. Traducción de Jordi Beltrán cedida por Editorial Anagrama.

«Una madre» de James Joyce: Traducción de Guillermo Cabrera Infante cedida por Editorial Lumen.

«Parece tan dulce» de Rosa Montero: copyright © Rosa Montero, 1993.

«La *ciociara*» de Alberto Moravia: copyright © Grupo Editoriale Fabbri-Bompiani, Sonzogno, Etas S.A. Traducción de Mª Esther Benítez cedida por Alianza Editorial.

«Silba para llamar al viento» de Rosamunde Pilcher: copyright © Rosamunde Pilcher. Traducción de Margarita Cavándoli.

«Pigmalión» de Manuel Vázquez Montalbán: copyright © Manuel Vázquez Montalbán, 1987.

«La imagen móvil» de Edith Wharton: Traducción de Rosa S. de Naveira.

«El vestido nuevo» de Virginia Woolf: Traducción de Andrés Bosch cedida por Editorial Lumen.

COLECCIÓN DIEZ RELATOS

Diez relatos de
AMOR
Diez relatos de
CIENCIA FICCIÓN
Diez relatos de
DETECTIVES
Diez relatos
ERÓTICOS
Diez relatos
FANTÁSTICOS
Diez relatos de
MAR
Diez relatos de
MUJERES
Diez relatos de
SUSPENSE
Diez relatos de
TERROR
Diez relatos de
VIAJES